푸른 수염의 딸들

김영주 소 향
　　신조하 장세아
　　　　 정명섭

우먼 크라임 앤솔러지

푸른 수염의 딸들

아프로스
ⓒ미디어

목차

순남 인테리어
- 김영주 -

07p

리셋
- 소향 -

47p

장막의 자매들
- 신조하 -

95p

전화
- 장세아 -

147p

48시간
- 정명섭 -

193p

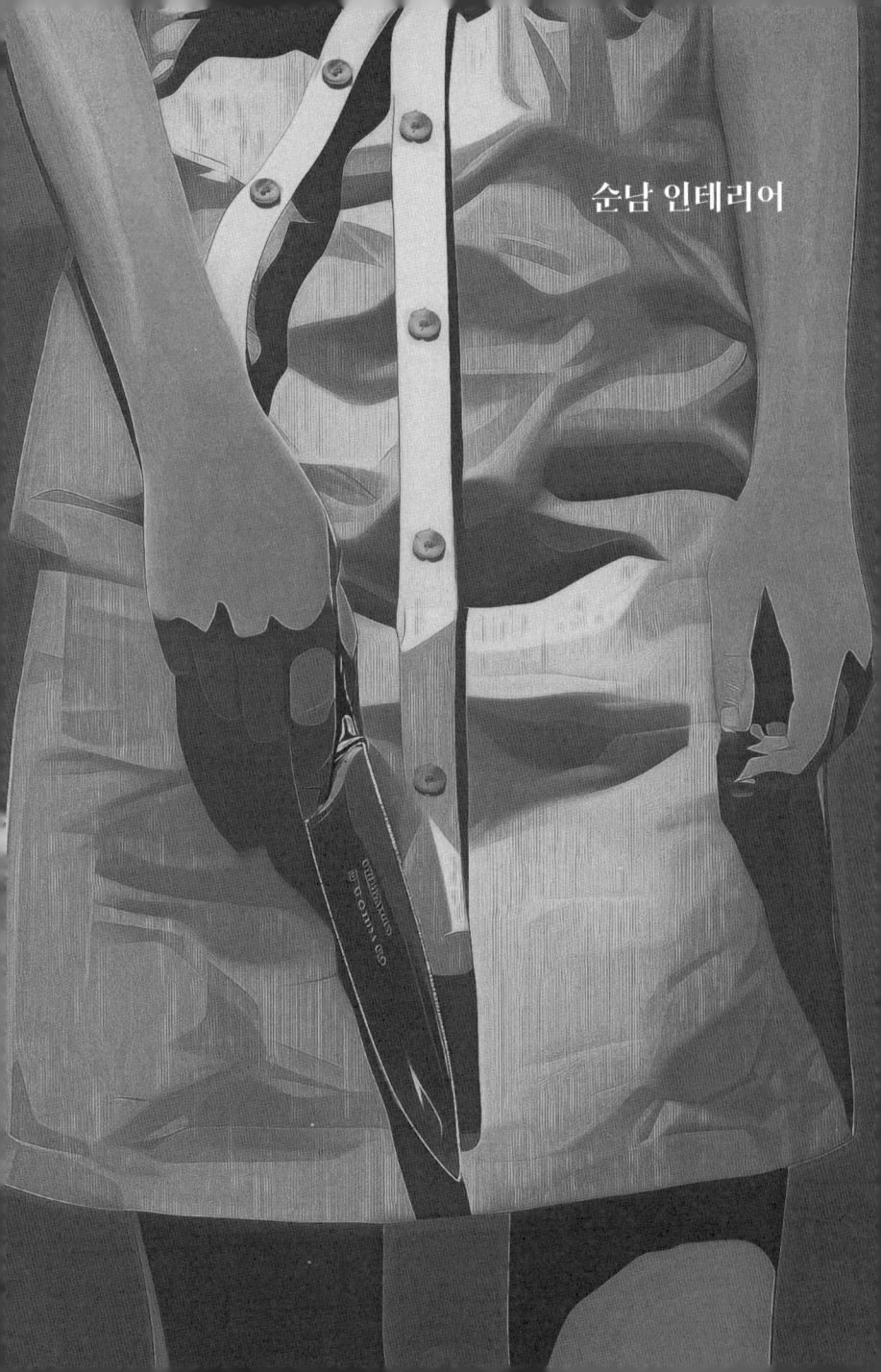

김영주

동화와 청소년 소설과 소설을 쓴다. MBC 창작동화대상과 위즈덤하우스 어린이청소년 판타지문학상을 받았으며, 서울문화재단 예술창작 지원 문학 공모에 선정되었다. 『붉은 여왕』, 『Z 캠프』, 『30킬로미터』, 『하얀빛의 수수께끼』, 『오답 노트를 쓰는 시간』, 『반려 요괴』, 『이불 귀신 동동이』, 『육두품 아이 성무의 꿈』, 『똥 먹는 나라의 연우』, 『루미너스 오늘부터 데뷔합니다』 외 다수의 책을 집필했다.

1.

더러워.

바워리의 첫인상은 그랬다. 더럽고 낡고 지린내가 났다.

낡고 지린내 나는 J라인을 타고 도착한 바워리는 끔찍했다. 써니는 멋모르고 탄 엘리베이터에 고인 오줌을 피해 다급하게 걸음을 옮겼다. 금세라도 살을 구울 듯 쏘아 대는 엘에이의 햇살에 비할 바는 아니지만 뉴욕의 여름도 만만치 않았다. 써니는 거리의 환기구에서 뿜어 나오는 증기를 경악스레 바라보았다. 온갖 먼지와 냄새가 피부에 달라붙는 것 같았다.

남편은 하루아침에 삶의 터전을 뜯어오면서 한마디 의논도 하지 않았다. 그저 바워리에 삼십 년 된 가게를 계약했고 그곳에서 식당을 할 계획이라고 통보했다. 리틀이태리와 차이나타운을 끼고 있는 뉴욕 음식 문화의 정수로 이사하는 거라고, 남편 잘 만난 줄 알라고 말했다. 리틀이태리까지는 다섯 블록을 걸어야 하고 차이나타운은 그 두 배쯤 멀었지만 써니는 그저 고운 인형처럼 화사하게 미소 지었다. 그런 사소한 일로 남편의 말에 토를 달 만큼 써니는 어리석지 않았다.

어찌 되었든 지금 중요한 건 그게 아니었다. 자그마치 삼십 년 묵은 가게였다. 상태가 어떨지 걱정되어 조바심이 났다. 계획대로 두 달 안에 가게를 열려면 하루가 급했다. 남편은 벌써부터 가게에 기대가 컸다. 첫 삽도 뜨지 않은 가게에 '그레이독'이라는 이름도 붙였다. 그래 봤자 달걀이나 그래놀라, 샌드위치 따위를 파는 평범한 델리일 텐데 미슐랭 레스토랑 사장이 될 것처럼 꿈에 부풀었다. 남편은 언제나 그게 문제였다. 처음에는 터무니없이 기대를 했다가 너무나 쉽게 실망하고 분노한다. 그 분노가 또다시 제게로 향하기 전에 써니는 그레이독의 리모델링을 끝마치고 싶었다.

한국 같으면 한 달이면 될 텐데.

저도 모르게 한국을 떠올린 써니는 두 눈을 질끈 감았다. 이딴 일로 마음이 약해지다니. 어떻게 도망쳐 왔는데. 삼 년 전 한국을 떠나올 때만 해도 남편 데이빗이 하늘에서 내려온 천사 같았다. 천사라. 눈이 삐어도 단단히 삐었지. 써니는 쓰디쓴 미소를 짓다 움찔했다. 찢어진 입술에서 불이 났다.

써니는 핸드폰 카메라를 켜고 땀이 흘러 뭉개진 립스틱을 진하게 덧발랐다. 푸른색 아이섀도와 붉은빛의 볼 터치도 살폈다. 멍을 가리는 데에는 진한 화장만큼 유용한 게 없지만 날씨가 더우면 곤란했다. 흘러내리는 땀 때문에 하루에도 몇 번씩 화장을 고쳐야 하니까. 구석구석 얼굴을 살피던 써니는 목적지에 도착했다는 구글맵의 알람에 걸음을 멈추었다. 데이빗이 왓츠앱으로 보낸 주소가 맞다면 저 가게가 미래의 '그레이독'이 될 가게였다.

"윽!"

가게 전면에 덧댄 합판에 새까맣게 엉킨 색바랜 낙서와 먼지를 보며 써니는 구역질을 삼켰다. 아직 문도 열지 않았는데 썩은 내가 진동했다. 어쩐다지. 한참을 망설이던 써니는 핸드폰에서 데이빗을 찾아 통화 버튼을 눌렀다.

[달링, 우리 그레이독 봤어?]

꿀을 바른 듯 반지르르한 데이빗의 목소리가 핸드폰을 가르고 들려왔다. 기분이 꽤 좋은 것 같았다. 다행이다. 굳었던 어깨가 조금 풀어졌다. 써니는 조심스레 입을 뗐다.

"데이빗, 방금 가게에 도착했는데 상태가 생각보다 더 안 좋아요. 가게 오픈일을 조금만 더 미루면."

[내가 거지 같은 가게를 골랐다는 거야?]

써니의 말이 채 끝나기도 전에 데이빗이 고함치기 시작했다. 써니는 다급하게 핸드폰을 감싸고 주위를 둘러봤다. 스치듯 지나가던 동양인 여자가 걸음을 멈추고 써니를 유심히 쳐다봤다.

[지금 그게 네년을 먹여 살리느라 힘들게 일하는 남편한테 할 말이야?]

요란스런 경적 소리조차 핸드폰에서 새어 나오는 데이빗의 목소리를 막지 못했다. 써니는 한 손으로 핸드폰을 감싼 채 필사적으로 핸드백을 뒤졌다. 분명 열쇠를 여기에다 넣었는데.

[씨발! 대답 안 해? 너 거기서 딱 기다려. 내가 오늘 본때를 보여 주마. 니가 요즘 좀 덜 맞았지?]

"이봐요, 괜찮아?"

써니를 힐끔거리던 동양인 여자가 기어코 한마디를 건넸다. 써니는 허둥지둥 열쇠를 끄집어내 자물쇠를 열고 합판 덮인 문을 잡아당겼다. 미끄러지듯 가게 안으로 빨려 들어간 써니는 먼지 가득한 바닥에 주저앉았다. 데이빗이 온다. 데이빗이 와. 써니는 어깨를 껴안고 몸을 앞뒤로 흔들었다. 몸의 떨림이 멈추지 않았다. 이번엔 얼마나 견뎌야 할까. 오 분? 삼십 분? 아니면 한 시간? 온몸의 멍 자국이 욱신댔다.

바닥에 얼굴을 처박은 채 한참을 바르작대던 써니는 갑자기 떠오른 생각에 흠칫 굳었다. 도망갈까? 헛웃음이 났다. 지금의 자기를 언니가 본다면 뭐라고 할까. 비웃겠지? 기껏 제 곁에서 도망쳐서는 또 다른 지옥으로 뛰어들었다고 한껏 고소해하겠지. 그럴 수는 없다. 한국을, 언니 곁을 떠나온 걸 써니는 절대로 후회하지 않을 작정이었다. 써니는 툭 터진 입술에서 흐른 피를 닦고 자리에서 일어났다. 이 썩은 내가 어디서 나는지 알아볼 생각이었다. 어쩌면 데이빗의 화가 누그러질 만한 일을 찾아낼지도 모른다. 그 덕에 오늘은 뺨 몇 대로 마무리될지도 몰랐다.

지독한 썩은 내는 지하 창고에서 풍겨 왔다. 썩은 내를 따라 지하 창고로 내려가며 써니는 불안한 감정에 시달렸다. 설마 시체라도 있는 건 아니겠지? 이내 써니는 고개를 저었다. 썩은 내 사이에 비릿한 물곰팡이 냄새가 섞여 있는 것이 익숙한 시체 냄새와는 결이 달랐다. 다른 냄새라면 모를까, 시체 썩는 냄새만큼은 절대로 착각하지 않을 자신이 있었다.

  핸드폰 불빛에 기대 바닥에 발을 디딘 써니는 휘청 중심을 잃었다. 바닥이 썩었나. 써니는 푹 꺼진 바닥에 핸드폰 불빛을 비추었다. 이런, 그냥 꺼지기만 한 게 아니잖아. 작은 구멍에 발이 빠진 거였다. 구멍이 좀 더 컸더라면 발목이 부러질 뻔했다. 써니는 무너진 바닥재를 조금씩 들어냈다. 다행히 오래된 바닥재는 수월하게 들어 올려졌다. 바닥재를 모두 들어낸 써니는 입을 다물 수가 없었다. 커다란 구멍이, 그곳에 있었다. 성인 네 사람은 너끈히 들어가고도 남을 만큼 커다랗고 동그란 우물이.

2.

"달링, 오늘은 뭘 해?"

  데이빗이 화장대에 앉은 써니를 뒤에서 껴안고는 목에 키스를 퍼부었다. 소름이 돋았지만 써니는 눈웃음을 치며 콧소리를 섞어 대답했다.

"가게 배관 수리요."

  데이빗은 써니의 귀를 살며시 깨물고 써니의 얼굴을 돌려 키스를 했다. 마음껏 폭력을 행사한 다음 날이면 데이빗은 유독 더 치댔다. 써니는 모멸감을 애서 참으며 데이빗을 마주 안았다. 생리적 혐오감이 불쑥불쑥 솟구쳤지만 써니는 꾹 참았다. 행여 싫은 티라도 냈다가는 더한 폭력이 가해질 터였다. 데이빗이 기분 좋게 휘파람을 불며 집을 나설 때까지 써니는 욱신거리는 입 끝을 힘주어 끌어 올렸다.

리모델링을 시작한 지 벌써 이 주가 지났지만 이렇다 할 만큼 가게의 상태는 나아지지 않았다. 싫은 소리를 잘 못 하는 써니를 인부들이 우습게 본 탓이었다. 처음 일주일은 데이빗이 함께여서 그럭저럭 진행이 되었지만, 데이빗이 공사장에 임시직을 구하고 나서부터 리모델링 일정이 조금씩 뒤로 밀렸다. 또 인부들과 실랑이를 할 생각에 벌써부터 머리가 지끈거렸다. 하루 빨리 우물도 막아야 하는데. 써니는 지하 창고에서 발견한 우물을 떠올리며 눈두덩이에 파란 아이섀도를 덧발랐다. 아직은 멍이 덜 올라왔지만, 오후 즈음에는 새파래질 터이니 오늘의 화장은 여느 때보다 한층 더 진해야 했다.

*

"어서 와! 지금 막 플로팅 아일랜드 만들려고 했는데. 와서 먹고 가!"

미자의 목소리가 써니를 반갑게 맞았다. 써니는 무거운 몸을 이끌고 바에 털썩 앉았다. 신음을 흘리는 써니 앞에 얼음 섞인 소다 한 잔을 올려놓고 미자는 커스터드 크림을 만들기 시작했다.

첫날 가게 앞에서 마주친 이후로 미자와는 각별한 사이가 되었다. 이 거리에서 단 두 명뿐인 한국인이라는 것 말고도 미자에게 정이 가는 이유는 여러 가지였다. 미자의 베이커리 솜씨는 훌륭했다. 저렴한 데다 빵 맛이 좋아 써니는 하루에 한 번은 꼭 뉴욕베이커리에 들렀다. 물론 단지 빵 때문에 이곳을 드나들게 된 것은 아니었다. 미자는 사람을 위로할 줄 알았다. 그런 게 연륜일까? 어머니가 있었다면 미자 같았을지도 모른다. 오랫동안 대화할 사람이 고팠던 써니는 금세 미자와 가까워졌다.

"왜, 오늘은 또 뭐가 잘 안 풀려?"

눈치 빠르게 미자가 알은체를 했다.

"지하에 있는 우물요. 결국 메꿔야 된대요."

소다 잔으로 손을 뻗으며 써니가 푸념을 했다. 공사가 점점 늦어지는 이유에는 우물도 한몫했다. 어떤 미친 사람이 우물을 대충 덮어 버리고 그 위에 건물을 짓기로 한 걸까? 그 사람은 마른 우물에서 끊임없이 올라오는 묵은 곰팡내와 물비린내를 느끼지 못한 걸까. 소다 잔을 잡으려던 써니가 와락 눈살을 찌푸렸다. 요란한 소리와 함께 소다 잔이 넘어갔다. 여느 날보다 심하게 부은 눈 때문에 거리를 제대로 가늠하지 못한 탓이었다.

"죄송해요."

기가 죽은 써니가 손으로 흘러내리는 소다수를 그러모았다. 행주를 가져와 닦으며 미자가 한소리를 했다.

"자기 오늘따라 화장이 많이 진하다."

"전 진한 화장이 좋아요."

냅킨을 건네주며 미자가 한숨을 내쉬었다. 새 행주로 바 테이블을 말끔하게 닦고 바닐라빈을 칼로 가르며 미자가 말했다.

"자기 그거 알아? 커스터드 크림을 만들 때 우유를 너무 달달 졸이면 크림이 안 돼. 그냥 계란 푸딩이 되지. 자기가 만들려는 게 크림인지, 푸딩인지 정확히 알아야 하는 거야."

써니는 무슨 말인지 몰라 멍한 표정으로 미자를 건너보았다. 약불에 올린 우유를 휘저으며 미자가 써니를 힐끔 노려봤다.

"자기, 한국에서 일산에 살았다고 했지? 주엽?"

"네, 맞아요. 주엽. 초등학생 때부터 데이빗이랑 미국 건너오기 전까지 살았어요."

"가족들은 아직 거기 살아?"

가족이라. 대번에 선주가 떠올랐다. 한국을 떠나온 후 이제껏 한 번도 입에 올린 적 없는 언니의 존재가 오늘따라 사무치게 그리웠다. 써니는 잠긴 목소리로 대답했다.

"언니가 있어요. 쌍둥이 언니요."

"역시…… 쌍둥이였구나."

미자가 작은 목소리로 혼자 웅얼거렸다. 미자의 말을 듣지 못한 써니가 되물었지만 미자는 그저 열심히 머랭을 쳤다. 조금만 기다리라는 말과 함께 잰 손놀림으로 커스터드 크림 위에 갓 만든 머랭을 듬뿍 올려 써니 앞에 놓았다.

"자, 먹어 봐. 세상에서 가장 달콤한 플로팅 아일랜드야."

오늘따라 이상하시네. 써니가 고개를 갸우뚱하며 머랭을 한 입 삼켰다. 듬뿍 넣은 레몬즙에 너덜너덜한 입안이 아렸지만, 미자 말대로 정말 달콤했다. 세 입 만에 플로팅 아일랜드를 먹어 치우니 혈당과 함께 자신감이 치솟았다. 이대로라면 오늘은 인부들과의 싸움에서 승리할 수 있을 것 같았다. 기세등등하게 가게를 나서는 써니에게 미자가 큰 소리로 외쳤다.

"저녁에 잠깐 들렀다 가. 꼭! 알았지?"

 선주는 전화기를 뚫어져라 노려보았다. 입안이 바짝바짝 말랐다. 이놈의 전화는 언제 오는 거야? 호지차로 목을 축이려던 선주는 차갑게 식은 차를 뱉어 냈다. 주석 주전자에 담긴 차는 진즉 차갑게 식었다. 선주는 손을 들어 까딱 손가락질을 했다. 점원이 쪼르로 달려왔다.

"같은 차로 하나 더."

 점원이 두말 않고 식은 차를 내갔다. 어제 발견한 소호의 작은 찻집은 꽤나 서비스가 흡족했다. 여느 때라면 고맙다고 한마디 했겠지만 지금은 그런 사소한 것에 마음을 쓸 여유가 없었다. 당장이라도 바워리로, 선희에게로 달려가고 싶었다. 하지만 확인이 먼저였다. 만약에 선희가 맞다면 더더욱 신중해야만 한다. 자칫 서둘렀다가 또다시 도망이라도 치면 그때는 찾을 수 있으리란 보장이 없었다.

 미자라고 했던가? 선주가 낸 실종 신고에 연락이 온 건 삼 일 전이었다. 목소리만 들어서는 흔한 동네 아줌마 같았는데 주제넘게 질문이 많았다. 선희와는 어떤 사이냐는 둥, 선희를 찾으면 어쩌려는 거냐는 둥. 자기가 뭐라도 되는 줄 아는 건지. 보나 마나 뻔했다. 선희 고 물색없는 것이 아무한테나 정을 흠뻑 준 게 뻔했다. 그래서 지가 뭐라도 된 듯 선희 일에 참견을 하는 게지.

새로 내온 호지차를 한 입 마셨을 때였다. 미자에게서 전화가 왔다.

[주소 불러 줄 테니까 와요. 와서 그 썩을 놈의 남편한테서 써니를 데려가란 말이야.]

주제넘기는. 선주는 찻잔 아래 백 달러를 끼워 놓고 자리에서 일어섰다. 오랜만에 살갗 아래 흐르는 피가 요동을 쳤다.

3.

써니는 축 처진 채 가게 문을 잠갔다. 가까스로 오늘 계획했던 수도 배관은 마무리했다. 하지만 그느르라 인부들이 요구한 점심을 사야 했다. 점심은 각자 알아서 먹는 것으로 공사 시작 전에 이야기가 됐지만 소용없었다. 인부들의 요구를 들어주지 않으면 그때부터 한정 없이 공사가 늘어졌다. 하는 수 없이 써니는 점심 비용을 대는 것으로 타협을 봐야만 했다. 예산이 또 늘어나 버렸다. 데이빗에게는 뭐라고 변명을 해야 하나. 지끈거리는 눈을 꾹 누르던 써니는 미자의 말을 떠올렸다. 아, 저녁에 들르라고 했는데. 체리 넣은 케이크 한 조각 먹으면 소원이 없겠다. 입에 침이 확 고였다. 써니는 옷에 묻은 먼지를 털고 서둘러 걸었다. 체리 케이크를 먹으며 인부들 욕을 잔뜩 하면 스트레스가 날아갈 터였다.

"아줌마, 저 왔어요."
써니는 뉴욕베이커리의 문을 힘차게 밀고 들어섰다. 경쾌한 종소리가 울렸다. 진주홍빛 저녁 햇살이 가게 안에 가득 차 있었다. 누군가 써니를 돌아보았다. 부신 눈이 검은 실루엣에 익숙해지기도 전에 써니는 본능으로 알았다. 언니다. 언니가 나를 찾아냈어.

선희와 선주는 늘 붙어 다녔다. 붙어 다녔다기보다는 선희가 선주의 손아귀에 있었다는 게 옳은 표현이었다. 일란성 쌍둥이인 둘은 똑 닮은 외모와 완벽하게 다른 성격을 가졌다. 예민하고 싫은 소리를 못 하는 선희와 뭐든 똑 부러지고 결단력 있는 선주. 비슷한 점이라곤 오로지 조용하다는 것뿐이었다. 조용함의 이면이 얼마나 크게 다른지는 조금만 같이 지내 봐도 금세 알아차릴 수 있었다.

둘의 다른 성격은 아버지의 일에 커다란 도움이 됐다. 선희와 선주가 어려서 별다른 도움이 되지 못했을 때는 아버지 혼자 모든 일을 했다. 〈순남 인테리어〉에서 아버지는 수금을 하고 고객을 모집하고 페인트를 바르고 바닥을 팠다. 그리고 그 안에 사람을 죽여 묻었다.

어머니는 처음부터 기억에 없었다. 병으로 돌아가셨는지 아니면 둘을 낳자마자 이혼을 했는지 아버지는 입도 뻥끗하지 않았다. 아주 가끔은 어머니의 존재가 궁금했지만 사무치게 그립지는 않았다. 선희와 선주에게는 아버지가 있었다. 그리고 무엇보다도 서로가 있었다.

아버지는 청주에서 태어나 고등학교를 졸업하자마자 전국을 떠돌았다고 했다. 대부분은 막노동을 해서 하루 벌어 하루 먹고 살았다. 그러다 지금은 돌아가시고 없는 순남 사장을 만났다. 순남 사장이랑 아버지는 단독 주택 공사장에서 만났는데, 순남 사장은 처음 만났을 때부터 아버지의 눈빛이 마음에 들었다고 했다. 뭐, 한창 성장기였던 시절의 전형적인 성공 스토리랄까. 순남 사장은 아버지가 마음에 들었고, 그래서 아버지를 잘 키워서 순남 인테리어를 물려주었다. 그저 흔한 인테리어 사업자인 줄 알고 덜컥 취직을 하고 보니 순남 인테리어는 겉과 속이 많이 달랐지만 아버지는 군말 없이 일했다.

  순남 사장은 눈이 좋았다. 똑떨어지는 세련된 인테리어를 추구했는데, 사람 보는 눈 또한 똑떨어졌다. 배운 적도 없으면서 아버지는 인테리어에 소질이 있었다. 타일을 고르고, 벽지를 고르고, 분위기에 적합한 나무 바닥을 고를 줄 알았다. 그뿐 아니었다. 본격적인 인테리어를 하기 전에 바닥을 깊게 파고 시체 썩은 물이 흘러나오지 않게 처리해서 비닐로 감싸고 울퉁불퉁하지 않게 미장하는 솜씨 또한 뛰어났다. 한마디로 아버지는 타고난 천재였다. 순남 사장은 흡족한 마음으로 아버지에게 순남 인테리어를 물려줬고, 순수익의 사십 프로를 받으며 행복한 은퇴 생활을 즐기다 죽었다. 그게 선희와 선주가 중학생 때였다.

  모든 일을 혼자 하던 아버지는 선희와 선주가 고등학생이 되자마자 사세를 확장했다. 살인 뒤처리에 청부 살인을 더해 업종 다양화를 꾀했다. 일인 사업이 가족 사업이 되었다. 아버지는 선희의 예민함과 선주의 똑부러짐과 성실함을 마음에 쏙 들어 했다. 그리하여 선희는 살인의 뒷수습을, 선주는 살인을 하게 되었다. 아버지는 엄하고 유능한 스승이어서 둘은 인테리어를 배우기 시작한 지 반년 만에 실무에 투입되었다.

아버지가 돌아가시기 전 삼 년, 돌아가시고 나서 삼 년 동안 선희는 인테리어 마감에 필요한 물건을 구입하고 수금을 했다. 아버지도 눈이 좋았다. 과감한 선주의 솜씨와 깔끔한 선희의 마감에 〈순남 인테리어〉는 나날이 번창했다. 데이빗이 나타나기 전까지.

"그렇게 싫었으면 말을 하지 그랬어. 그랬으면 그만뒀을 거야. 나한테는 네가 전부니까."

선주가 말했지만 써니는 믿을 수가 없었다. 써니가 보기에 선주는 재능을 타고났다. 괴로워하던 써니와는 다르게 선주는 별다른 느낌이 없다고 했다. 죽을 만하니까 고객이 의뢰했겠지? 그들의 사정을 우리가 깊이 따질 필요가 있어? 우리는 신속 깔끔하게 인테리어만 해 주면 그만이지. 선주는 무덤덤하게 말했지만 써니는 도무지 그렇게 넘길 수가 없었다. 두려웠다. 두려워서 도무지 선주 곁에 있을 수가 없었다. 한국을 떠나온 뒤 돌이켜 생각해 보면 무엇이 그리 두려웠던 건지 알 수가 없었다. 들킬 게 두려웠던 건 아니었으니까.

써니는 바작바작 타들어 가는 목을 쓸며 우물쭈물 물었다.

"그럼, 정말 인테리어 그만둘 수 있어?"

"당연하지. 네가 그렇게 싫다면 안 할 거야, 맹세해. 네가 떠난 후로 한 건도 안 맡은걸. 도무지 의욕이 안 생기더라. 정말이야."

선주의 표정은 간절했다. 정말일까? 언니가 정말로 자신의 천성을 저버렸다고? 선주가 미심쩍게 보는 써니의 어깨를 안았다.

"믿어 줘. 지난 삼 년 동안 정말 단 한 사람도 죽이지 않았어. 죽여도 바닥에 묻어 줄 네가 없는걸. 내가 얼마나 힘들었다고."

선주의 따스한 체온이 금세 써니에게 스며들었다. 저항할 틈도 없이 그리움이 봇물처럼 터졌다. 한국에 두고 온 그 모든 것 중 언니만은 내내 그리웠다. 선주를 마주 안으며 써니가 울먹였.

"미안해, 언니. 그렇게 떠나는 게 아니었는데. 언니가 너무 보고 싶었어."

"나도. 네가 정말 그리웠어. 나한테는 가족뿐인데. 아버지도 돌아가시고 너까지 곁에 없으니 살아도 사는 게 아니었어. 다신 너 어디에도 안 보낼 거야."

선주도 감정이 북받쳤는지 써니의 어깨에 얼굴을 묻고 울먹였다. 두 사람은 지난 삼 년간의 감정을 털어 내려는 듯 한참을 흐느꼈다. 꽤 오랜 시간 흐느끼던 선주가 고개를 반짝 들었다. 그러고는 눈물을 닦으며 방긋 웃었다.

"그런데, 네 남편 이름이 뭐라고 했지?"

4.

"그게 무슨 말도 안 되는 소리야?"

써니는 선주를 와락 밀쳤다. 선주가 자리에서 일어서는 써니 앞을 막아섰다. 그러더니 손을 뻗어 써니의 눈가에 바른 짙은 아이섀도를 뭉갰다.

"내가 모를 줄 알았어? 이렇게 하면 감출 수 있을 줄 알았냐고."

흐릿해진 아이섀도 아래로 보라색 멍이 모습을 드러냈다. 오랜 시간 동안 갖가지 색으로 분화한 멍을 보며 선주가 이를 갈았다.

"저 새끼 사람 아니야. 사람 아닌 거 하나 치우자는데 그리 펄쩍 뛸 일이야? 네가 뭐가 모자라서 이런 취급을 견디고 살아?"

버티던 써니의 몸이 주르륵 무너져 내렸다. 누구에게라도 들킬까 꽁꽁 감추던 비밀이었다. 쏟아지던 주먹과 발길질을 받아내며 하루하루 버티는 것만으로도 힘에 부치는 날이 계속되었다. 하지만 써니는 아무에게도 들키고 싶지 않았다. 창피하고 비참했다. 아버지도 남편도 필요에 의해 자신을 이용할 뿐 마땅히 주어야 할 사랑은 주지 않는다는 사실을 죽어서라도 감추고 싶었다.

어쩌면 자신은 그렇게밖에 생겨 먹지 못한 게 아닐까. 무언가 되먹지 못한 제 모습 때문에 당연히 사랑받아야 할 사람들에게조차 학대받는 게 아닐까. 모습만 살짝 달라졌을 뿐 더 지독한 지옥에 빠져 버린 건 혹시 아버지가 일구어 낸 순남 인테리어와 언니를 떠난 벌인가.

처음 친구에게서 데이빗을 소개받았을 때는 그다지 내키지 않았다. 미군이라는 게 마음에 걸렸다. 사람을 죽이는 훈련을 받은 사람이라는 게 꺼림칙했다. 분쟁이 한창인 팔레스타인 지역에서도 근무했다는 소리까지 들으니 더더욱 싫었다. 몇 번이나 거절을 했지만 결국 한 번만 만나 보라고 강권하는 친구를 이기지 못했다.

그렇게 만난 데이빗은 상상과는 달랐다. 잘 웃고 솜사탕처럼 달달한 말을 하는 데이빗이 좋았다. 데이빗에게 써니는 금세 빠져들었다. 함께 미국으로 돌아가 가정을 꾸리자는 말에 뛸 듯이 기뻤다. 이 사람과 함께라면 지옥 같은 순남 인테리어의 기억을 잊고 평범하게 살 수 있으리라.

꿈이 무너지기까지 그리 오랜 시간이 걸리지 않았다. 처음 구타가 시작된 건 아주 사소한 일이었다. 그날따라 양배추가 흐물

거린 게 문제였다. 익숙지 않은 미국 음식이라 시간 조절을 못한 탓이었다. 음식을 내놓으면서 써니는 희미하게 미소 지었다. 작은 실수에 대한 미안함이 담긴 미소였지만 그게 데이빗의 비위를 건드렸다.

"웃어?"

식탁에 던진 포크에 접시가 깨졌다. 사방으로 날리는 유리 조각을 피해 써니는 몸을 웅크렸다. 그 모양이 데이빗의 숨겨진 본능을 자극한 모양이었다. 뒤통수로 주먹이 날아왔다. 처음에는 무슨 일인지 몰라 눈만 동그랗게 뜬 채 가만히 앉아 있었다. 맞았다는 걸, 자신을 순남 인테리어에서 빼내 준 천사와 같은 다정한 데이빗이 때렸다는 걸 인지하기까지 시간이 좀 걸렸다. 인지하고 나니 눈물이 터져 나왔다. 차마 소리도 못 내고 펑펑 우는 써니를 데이빗이 안았다. 미안하다고. 자기가 미쳤나 보다고. 자기가 왜 그랬는지 모르겠다고. 다시는 이런 일 없을 거라고.

써니는 데이빗의 따뜻하고 넓은 품에 안겨 맘껏 울었다. 그리고 사랑하는 남편의 말을 믿었다. 정말 실수이고 양배추 하나 제대로 요리 못 한 제가 나쁜 거라고. 좀 더 맛있는 요리를 내기 위해 요리 학원을 등록하고 요리 유튜브를 시청했다. 재료를 다듬고 조리 온도를 맞추는 데 심혈을 기울였다. 사랑받고 싶었다.

자신을 사랑해 줘야 하는 사람에게서.

  어느 날, 머리채를 잡혀 문 앞에서 방까지 끌려 들어오고서야 써니는 깨달았다. 나쁜 건 정말 자신이라고. 자신에게 맡겨진 천형을 피해 이곳으로 도망을 친 벌을 지금 이렇게 받고 있는 거라고. 그러니 벌을 받아도 싸다고.

  "씹어 죽여도 분이 안 풀릴 새끼. 내가 꼭 그 새끼만은 죽인다."
  분노하는 언니의 몸에서 익숙한 향기가 났다. 라벤더와 목향의 달콤쌉싸름한 향내. 깊게 파낸 바닥 아래 비닐로 단단히 감싼 시체를 넣고 시멘트를 부은 날이면 써니는 좀처럼 잠을 이루지 못했다. 그럴 때마다 선주는 써니의 목과 머리에 라벤더 오일을 바르고 오랜 시간 마사지를 해 주었다. 그렇게 하고서야 써니는 겨우 얕은 잠에 들었다.
  써니는 터지지 않게 겨우 싸매 두었던 설움을 토해 냈다.
  "부탁이야, 언니. 그 새끼 좀 죽여 줘."

  아무것도 모르는 데이빗은 선주를 환영했다. 물론 처음부터 반긴 건 아니었다. 집에서까지 신경을 써야 하냐며 화를 냈지만 다른 날과는 다르게 손을 올리진 않았다. 당연한 일이었다. 다른 사람 앞에서는 유독 다정하고 예의 바른 사람이니까. 손찌검을 하다가 들켜 자기 평판에 금이 갈까 봐 조심스러울 터였다.

게다가 선주의 쓸모를 깨닫고부터는 더욱더 선주에게 친절해졌다. 그렇게 말이 많던 인부들이 선주가 오고부터는 언제 그랬냐는 듯 얌전해진 것이다. 선주가 무슨 수를 썼는지는 알 수 없었다. 써니가 아는 것이라곤 현장 소장이 잔뜩 겁을 먹었고, 써니에게 지나치게 공손해졌다는 것뿐이었다. 덕분에 그레이독 리모델링은 급물살을 탔다.

"오늘은 뭘 한다고 했지?"

오믈렛을 욱여넣으며 데이빗이 물었다. 우물쭈물하는 써니 대신 선주가 냉큼 대답했다.

"페인트칠요. 어제 천장 다 했고 내일 바닥만 깔면 가게 인테리어는 끝나요."

"자기가 와서 얼마나 다행인지 몰라. 써니는 영 물러 터져서. 아마 혼자 하라고 했음 아직 반도 못 끝냈을 거야."

깔아뭉개는 말투에 기분이 상했지만 써니는 모르는 척 데이빗의 커피잔을 채웠다. 선주가 칸탈로프 한 조각을 입에 넣으며 푸념을 늘어놓았다.

"데이빗, 문제가 좀 있어요. 당신이라면 잘 해결할 수 있을 거 같은데요."

"당연하지. 말만 해."

데이빗이 잔뜩 어깨에 힘을 주며 잘난 척을 했다.

"가게 공사는 내일이면 마무리될 텐데 문제는 지하 창고예요. 인부들이……."

선주는 짐짓 말끝을 흐리며 눈꼬리를 파르르 떨었다. 그 모양에 데이빗이 눈을 부릅떴다.

"왜? 인부들이 또 뭐라는데?"

"지하 창고에 우물 있잖아요. 그 우물이 혹시라도 오래된 유적 뭐 그런 걸지도 모르니까 메우기 전에 허가를 받아야 하는 거 아니냐고요. 현장 소장 말로는 허가가 나오려면 아무리 빨라도 석 달은 넘게 걸릴 거래요."

석 달이라는 말에 데이빗의 얼굴이 새빨개졌다. 써니는 식탁보 아래로 마주 잡은 두 손을 쥐어짰다. 언제 접시가 얼굴로 날아올지 몰랐다.

"그래서 말인데요. 데이빗, 자기 공사장에서 레미콘 트럭 하나만 빌려 봐요. 공사 끝나고 밤에 잠깐이면 될 거야. 트럭 기사는 공돈 생기니 좋고, 우리는 번거로운 허가 안 받고 빨리 끝내서 좋고. 내일까지 무슨 수를 쓰더라도 다른 건 다 끝내 놓을게요. 지하 창고 벽도 전부 페인트칠하라고 할게요. 인부들 돌려보내고 우리끼리 우물에 시멘트만 부으면 끝나는 거잖아요."

선주가 기대에 찬 표정으로 눈을 반짝였다. 자신 없는 표정을 짓던 데이빗이 눈을 데굴 굴렸다. 머릿속으로 어떤 게 손해를 덜 보는 걸까 열심히 머리를 굴리고 있겠지. 조금 뒤에 데이빗이 고개를 끄덕였다. 역시 허가를 받고 정식으로 우물을 메꾸는 것보다 편법을 쓰는 게 낫다는 판단을 내린 모양이었다. 그럴 줄 알았다.

"좋아, 내일 몇 시에 오라고 할까?"

선주가 환하게 웃으며 대답했다.

"열 시가 좋겠어요, 밤 열 시."

이렇게 순남 인테리어 사업이 다시 시작되었다. 써니는 오믈렛을 하나 더 내오며 그린 듯 미소 지었다.

5.

일이 틀어진 건 모두 제 탓이다. 써니는 방 안을 기며 자책했다. 선주가 오고 나서 긴장이 풀어진 탓이었다.

레미콘 트럭 기사인 마테오와 말을 맞춘 데이빗은 기분이 좋았다. 마침 자신을 공사장에 임시로 꽂아 준 마테오가 레미콘 기사여서 다행이었다. 아니면 아무리 뒷돈을 대 준다고 해도 레미콘을 몰래 쓰는 건 힘들었을 거다. 마테오에게 쥐여 주기로 한 돈의 반을 미리 주고 레미콘을 오늘 열 시에 그레이독 앞으로 몰고 오라고 약속을 했다.

우물에 시멘트를 부어 넣는 것쯤은 혼자서 할 수 있으니 딱 레미콘에 시멘트를 채워 오는 것까지만 하면 된다고 선주가 말했다. 분명 돈을 덜 줘도 될 거라는 말도 덧붙였다. 그런 게 어디 있냐고 통박을 주면서도 혹시나 몰라 슬쩍 이야기를 꺼냈는데 그게 먹혔다. 선주 말대로 시멘트를 타설하는 일을 안 해도 된다고, 가게 앞에 레미콘을 가져다 놓으면 다 쓰고 나서 알아서 정해 놓은 장소까지 가져다 놓겠다고 했더니 예상보다 오백 달러나 값을 낮게 불렀다. 그레이독을 위해서라지만 여기저기 돈 나가는 게 많아 속이 쓰렸는데, 이게 무슨 횡재냐 싶어 얼른 달라는 돈의 반을 줬다.

붐비는 J라인 속에서 데이빗은 선주 생각을 했다. 여러모로 쓸모 있는 여자였다. 야무지고 센스도 있었다. 멍하니 있다가 성질을 돋우는 써니와는 차원이 달랐다. 구별하기 힘들 정도로 똑같이 생겼지만 은근 섹시한 게 구미가 당겼다.

입맛을 다시던 데이빗은 고개를 갸웃했다. 그러고 보니 써니가 제게 쌍둥이 언니가 있다는 말을 한 적이 없었다. 언니는 물론 자신의 집이 인테리어 가게를 했던 것도, 일산에 오래 살았다는 것도 말하지 않았다. 지금 데이빗이 알고 있는 모든 것은 어느 날 갑자기 집으로 동생을 만나러 온 선주에게서 들은 것이었다. 보면 볼수록 써니는 의뭉스런 구석이 있었다. 뭐든 시원스레 이야기하는 법이 없었다. 숨기는 것도 많았다. 처음에는 조용하고 순종적인 성격이 귀엽게 보였다. 뭐든 자기가 하자는 대로 따라와 주는 게 마음에 쏙 들었다. 하지만 그 인형처럼 생기 없는 태도에 데이빗은 넌덜머리가 났다.

"하여간 어디 한구석 귀여운 데가 없어! 에이, 갑갑해! 지겨워! 정말!"

데이빗은 왈칵 끓어오르는 성질을 가까스로 누르며 지하철 안으로 눈길을 돌렸다. 그러다 건너편에 앉은 동양인 여자와 눈이 딱 마주쳤다. 가볍게 눈인사를 건네려던 데이빗은 턱을 악물었다. 저도 모르게 큰 소리로 중얼거렸는지 여자가 이상한 사람 보듯 눈을 피해 버렸다. 그 바람에 가뜩이나 더러운 기분이 한층 더러워졌다. 인상도 뉴욕베이커리 여자와 비슷한 게 행동거지까지 똑 닮았다. 혹시 뉴욕베이커리 여자인가 싶어 다시 한번 봤지만 확실하지가 않았다. 알 게 뭔가. 어차피 동양인들은 하나같이 눈이 찢어지고 코는 낮고 얼굴은 둥글넓적하잖나.

써니는 그 여자와 지나치게 자주 어울렸다. 같은 한국계라고 뉴욕베이커리에 드나드는 걸 봐줬더니 틈만 나면 노닥거렸다. 그러고 보니 오늘 아침 일찍 그 여자와 가게 앞에서 속닥거리는 소릴 들었는데. 한국말로 하면 못 알아들을 줄 아나 보지? 알아들은 말이라곤 고작 몇 마디 말뿐이었지만 다그치기에는 충분했다. 데이빗은 백팩에서 강장제를 꺼내 한입에 털어 넣었다. 비타민 보충도 했겠다, 한 번씩 버릇을 잡아 줘야 남편 무서운 줄을 알지.

집에 돌아왔을 때부터 데이빗의 기운이 심상치 않았다. 아닌 척, 태연한 척 굴지만 써니는 늘 알았다. 기분 좋은 척하는 것뿐이라는 것을. 자신의 구타를 합리화할 수 있는 구실을 찾기 위해 기분 좋은 척하는 것뿐이라는 걸 본능적으로 느꼈다. 데이빗은 종종 눈이 뒤집혔고, 심기가 틀어지면 분이 풀릴 때까지 써니를 때렸다. 그럴 때면 모든 것이 망가졌다. 소중하게 여기는 물건도, 공들인 계획도. 그 어떤 것도 데이빗의 분풀이보다 중요하지 않았다. 촉발제가 되는 건 언제나 달랐다. 무엇이 데이빗의 이유가 될지는 몰랐다. 알 수가 없었다. 어제는 좋았던 게 오늘은 구타의 원인이 됐다.

오늘의 시작은 소금빵이었다. 뉴욕베이커리에서 새로 론칭한 소금빵을 맛보라고 했을 뿐인데 빵과 접시가 함께 날아왔다. 접시가 이마에 부딪혀 깨지면서 피가 줄줄 흘렀지만 신경 쓸 틈이 없었다. 안 되는데. 이러면 계획이 틀어질 텐데. 오늘을 위해 얼마나 많은 준비를 했는데.

허가 따윈 안 받아도 되니 마저 마무리하겠다는 인부들을 팁을 두둑이 주고 내보냈다. 데이빗을 임시로 공사장에 취직시켜 준 마테오의 레미콘 일정을 빼기 위해 얼마나 많은 돈이 들었는지 데이빗은 알까. 무엇보다도 깔끔하고 성에 차는 라벤더 색 페인트를 시간 맞춰 구하느라 든 품은 또 어떻고. 인터넷을 뒤지고 가게까지 직접 가서 인테리어 콘셉트에 딱 맞아떨어지는 차가우면서도 음울한 라벤더색 페인트를 구하느라 얼마나 애를 먹었는데. 라벤더색에 맞는 센트럴파크의 침엽수 색과 늦은 가을날 비구름 색을 형상화한 회색빛 타일을 찾느라 쓴 시간은 어떻고. 이제 마지막 터치만 남았을 뿐인데.

"데이빗, 내가 잘못했어. 잘못했어. 미안해, 미안해, 정말."

써니는 바닥에 무릎을 꿇고 납작 엎드려 빌었다. 무엇 때문에 성질이 난 건지 궁금하지 않았다. 그저 발길질 몇 번으로 그치길 바라던 써니는 데이빗의 물음에 뻣뻣하게 굳었다.

"너, 누구 맘대로 한국에 가? 누구 허락받고!"

"데이빗……, 그, 그게."

"또, 슬쩍 넘어가려고? 다 들었거든, 그 늙은 여자랑 속닥거리는 거. 너 내일 한국 간다며. 너, 내가 우습지? 무슨 꿍꿍이를 꾸미는 거야? 빨리 말 안 해?"

발길질이 온몸으로 쏟아졌다. 써니는 머리를 감싼 채 숨을 몰아쉬었다. 어떻게든 데이빗을 그레이독에 데리고 가야 하는데. 고집스럽게 버티는 모양이 더 화를 돋운 것인지 아니면 선주가 와 있는 동안 쌓였던 만큼을 채우려는 것인지 좀처럼 구타가 끊이질 않았다.

만신창이가 된 써니는 부엌 벽에 기대어 앉았다. 오른쪽 눈이 너무 부은 데다 왼쪽 눈에서 흘러내리는 피로 눈앞이 뿌옜다. 잠시 물을 마시며 휴식을 취한 데이빗이 천천히 다가오는 게 느껴졌다. 언니, 빨리 와 줘. 부탁이야. 갈비뼈가 부러졌는지 숨을 내쉴 때마다 가슴이 칼로 찌르는 듯 아팠다. 꼴딱꼴딱 숨을 내쉬며 써니는 신에게 기도했다. 도와주세요. 그러다 문득 자신이 처음으로 빌었던 소원을 떠올리곤 쓰디쓰게 웃었다.

"이 지옥에서 벗어나게 해 주세요. 순남 인테리어에서 도망치게 해 주세요."

신이 있다 해도 써니에게는 그저 악신일 터였다. 가까이 다가온 데이빗의 손에 무언가 들려 있었다. 그래도 이제까지는 도구를 쓰지는 않았는데. 또다시 진화한 남편에게 정말이지 감탄이 나왔다. 졌다. 당신의 순수한 악의에 졌어. 써니는 벽을 짚고 몸을 바로 세웠다.

"데이빗, 미안해요. 잘못했어요. 다 말하려고 했어요."

몽키스패너를 든 데이빗의 눈에 호기심에 서렸다. 써니는 헐떡거리며 변명을 늘어놓았다. 선주가 자신을 데리러 왔다는 것과 오늘 공사가 다 끝나면 한국으로 돌아가자고 했다고 둘러댔다. 이야기를 듣던 데이빗은 여자 둘이 발칙하다며 그게 니들 마음대로 될 거라고 생각했냐며 마구 웃었다. 어찌나 크게 웃던지 가뜩이나 지끈거리는 머리가 터질 것 같아 눈물이 찔끔 났다.

"그래서 너는 뭐라고 했는데? 그러자고 했어?"

웃음을 뚝 그친 데이빗의 눈빛이 살벌했다. 써니는 필사적으로 고개를 저었다.

"그럴 리가 있어요? 알잖아요. 나한테는 자기뿐이야. 나 같은 애가 어디 가서 당신처럼 멋진 남자를 만나요. 무서웠어. 말하면 우리 둘 다 가만두지 않겠다고 하잖아. 그래서 말 못 했어."

붕, 몽키스패너가 날아왔다. 써니는 눈을 질끈 감았다. 결국 이렇게 죽는구나. 꽝! 벽이 우지끈 소리를 내며 패였다. 주르륵, 저도 모르게 오줌이 흘렀다. 써니는 지독한 지린내를 맡으며 실눈을 떴다. 데이빗이 혐오스럽다는 듯 써니를 내려다봤다.

"까불면 어떻게 되는지 확실히 알았지? 어쩐지 요즘 기가 살았다 했더니 뒤통수를 치려고 했다?"

데이빗이 검지로 이마를 툭툭 치며 비웃었다.

"너 오늘 운 좋은 줄 알아. 마테오 때문에 봐주는 거니까. 우물이랑 네 언니부터 처리하고 나서 마저 손봐 줄 테니까. 알았어?"

데이빗이 다시 한번 이마를 툭 치고 돌아서다 짜증을 냈다.

"뭐 해? 빨리 옷 갈아입고 따라나서지 않고. 그 꼴이 뭐야, 더럽게."

6.

그레이독은 어둠 속에 잠겨 있었다. 행여 경찰이라도 꼬일까 걱정한 선주는 가게의 불을 전부 소등하고 지하 창고로 통하는 금속 덮개만을 살짝 열어 놓았다. 시간 맞춰 도착한 마테오는 돈을 마저 받고 신이 나서 돌아갔다. 주위를 둘러봤지만 어디에서도 선주의 모습은 보이지 않았다. 둘이 계획한 그대로다. 써니는 창고 안 어둠 속에서 숨죽이고 있을 선주를 떠올렸다. 언니, 그러니까 나를 찾지 말았어야지. 그랬으면 일이 이렇게 안 됐잖아.

써니는 욱신거리는 가슴을 잡고 천천히 데이빗의 뒤를 따라 지하로 내려갔다. 텅텅텅텅. 데이빗이 몽키스패너를 들고 조심성 없게 계단을 내려갔다. 어디선가 익숙한 라벤더 향이 느껴졌다.

"에이, 왜 이렇게 어두워."

데이빗이 투덜거리며 벽을 더듬었다. 불이 화악 밝아졌다. 눈이 빛에 익숙해지기도 전에 날카로운 금속이 공기를 가르는 소리가 들렸다.

"아아악! 쌍!"

선주가 계단 아래로 굴러떨어지는 데이빗에게 달려들었다. 선주의 특기다. 상대가 당황한 틈을 타서 목을 찌른다. 문제는 데이빗도 그닥 만만한 상대가 아니라는 거였다. 쓰레기이긴 하지만 미군에서 단련된 쓰레기니까. 한 끗 차이로 급소를 피해 간 칼이 데이빗의 팔에 꽂혔다.

"이게 돌았나!"

데이빗이 괴성을 지르며 선주에게 달려들었다. 몸싸움. 이렇게 되면 몸집이 작은 선주가 불리해진다. 데이빗의 발길질에 선주가 창고 끝으로 날아갔다. 써니는 몸을 웅크린 채 귀를 막았다. 선주의 비명 소리와 데이빗의 고함 소리가 어지럽게 섞여 들었다. 나무가 부서지고, 자재들이 넘어가는 소리, 살이 부딪쳐 찢어지는 소리들. 그러더니 갑자기 사방이 고요해졌다.

"선희야!"

언니의 목소리가 들린 것 같아 써니는 고개를 들었다. 마주친 선주의 눈은 텅 비어 있었다. 데이빗의 두 손에 감긴 선주의 목이 이상했다.

"언…… 언니……?"

데이빗이 속 시원하다는 듯 선주를 내동댕이쳤다. 바닥에 구겨진 듯 널브러진 언니 뒤로 라벤더색 벽에 흩뿌려진 피가 보였다. 웅웅웅, 금방이라도 귀를 찢을 듯 이명이 울리기 시작했다.

"이 미친놈아!"

써니는 데이빗에게 달려들어 등에 매달렸다. 분노로 머리가 당장이라도 터져 버릴 것 같았다. 죽이고 말 테다, 죽여 버릴 거야.

"놀고 있네."

데이빗이 비웃으며 벽에다 써니를 뭉개 버렸다. 갈비뼈에서 으드득 소리가 났다. 힘없이 주르륵 벽을 타고 미끄러지며 써니는 밭은 숨을 내뱉었다. 숨을 쉴 수가 없어. 눈앞이 뿌옇게 흐려지더니 데이빗의 비웃는 소리가 귀에서 점점 멀어졌다.

'언젠가는 선희 네가 순남 인테리어의 대표가 될 거다.'
갑자기 아버지의 목소리가 되살아났다. 아버지? 희미해졌던 시야가 훅 밝아졌다. 펄펄 끓어오르던 머릿속이 순식간에 차갑게 식었다. 써니는 조용히 일어나 데이빗 뒤로 걸어갔다. 바닥에 떨어진 못을 하나 주워 데이빗을 안고 왼쪽 경동맥에 박아 넣었다.

어리둥절한 표정으로 데이빗이 목을 감쌌다. 손에 묻은 피를 본 데이빗은 눈을 부릅뜬 채 써니를 향해 뺨을 갈겼다. 갈기려던 것이겠지만 팔에 힘이 들어가지 않았다. 데이빗은 이를 바드득 갈다 말고 자리에 무너져 내렸다. 부륵부르륵. 할 말이 많은지 데이빗의 입에서 피거품이 부글거렸다. 데이빗 옆에 무릎을 대고 앉은 써니가 바닥에 굴러다니는 못을 고르며 싸늘하게 노려봤다.

"이렇게 완벽한 라벤더색을 내는 게 얼마나 힘든지 알아요? 톤이 중요하다고요. 고심해서 겨우 톤을 맞춰 놨는데 피를 튀기면 어떻게 해요? 속상하게."

써니는 녹 하나 없이 깔끔하고 시원스레 뻗은 못을 눈앞에 들고 화사하게 웃었다. 길이와 굵기가 딱 맞았다. 쓰러진 데이빗에게 다가가 반대편 경동맥에 못을 대고 엄지로 힘주어 눌렀다.

'얘야, 끝까지 눌러 넣는 게 중요해. 그래야 못 머리가 구멍을 막아서 피가 덜 튄단다.'

아버지의 가르침을 떠올리며 써니는 못을 끝까지 밀어 넣었다. 역시 아버지는 능력 있는 스승이었다. 파들거리던 데이빗의 움직임이 거짓말처럼 멎었다. 써니는 피 묻은 손끝에서 느껴지는 희열을 옷에 박박 문질러 닦았다. 결국엔 이렇게 될 줄 알았어. 아버지가 옳다는 걸 인정하게 될 줄 알았어.

"언젠가는 선희 네가 순남 인테리어의 대표가 될 거다."

"말도 안 되는 말씀 마세요."

진저리치는 선희에게 아버지는 다정하게 대꾸했다.

"본성을 따르는 걸 두려워하지 말거라. 결국 인간도 짐승일 뿐이야."

눈이 좋은 아버지는 다 알고 계셨다. 선희가 왜 그토록 선주의 살인을 두려워하는지, 왜 순남 인테리어를 떠나고 싶어 하는지 알았다. 선주란 거울을 볼 때마다 날뛰는 본성을 두려워하는 것도 꿰뚫어 봤다. 살인자의 천성을 가졌으면서도 그런 자신을 혐오하는 딸이 불쌍하고 답답했다. 하지만 평범한 삶이라는 맞지 않는 꿈을 추구하는 어리석은 딸을 다그치지 않았다. 젊은 사람들은 꿈을 꾸니까. 처절하게 꿈이 깨진 자리에서 피어난 현실이 더 명확한 법이다. 언젠가 딸은 스스로의 감옥에서 벗어나 가업을 물려받을 것이다. 주머니 속의 송곳이 가만히 두어도 삐죽 튀어나오는 것처럼 타고난 본성이 사회적 관습을 뚫고 나올 거라 굳게 믿었다.

써니는 선주를 향해 걸음을 옮겼다. 완전히 꺾인 목을 조심스레 바로 정렬하고 아직 식지 않은 언니의 몸을 정신없이 껴안았다.
"언니, 미안해. 정말 미안해. 그러니까, 오지 말지. 나 같은 거 찾지 말지. 그냥 혼자 잘 살지."
가슴이 찢어질 것처럼 아팠지만 눈물은 나오지 않았다. 써니는 눈을 크게 뜬 채 자신의 품에서 싸늘하게 식어 가는 언니에게 작별 인사를 했다. 안녕, 나의 반쪽, 나의 거울, 안녕, 절대로 닮고 싶지 않았던 또 다른 나.

써니는 조심스레 선주를 바닥에 눕히고 천천히 자리에서 일어났다. 날이 밝기 전에 뒷마무리하려면 시간이 별로 없었다. 무릎을 꼼꼼하게 털고 주위를 둘러보았다. 무엇부터 해야 할까. 창고 구석에 숨겨 두었던 비닐 두루마리를 굴려 왔다. 비닐을 넓게 깔고 그 위에 선주를 눕힌 다음 돌돌 싸매기 시작했다. 꽤 오래 일을 쉬었지만 몸이 저절로 움직였다. 몸에 새겨진 기억은 영원히 지워지지 않는다는 아버지의 말씀은 이번에도 옳았다. 써니는 비닐 고치가 된 선주를 마지막으로 껴안고는 우물 안으로 밀어 넣었다. 마른 우물은 언니의 안락한 무덤이 되어 주었다. 몸에 옮겨붙었던 언니의 체온이 흔적도 없이 사라졌다.

잠시 바닥에 구겨진 선주를 물끄러미 바라보던 써니는 데이빗을 싸매기 시작했다. 침출수가 새지 않게 빈틈없이 싸맨 데이빗을 미련 없이 우물 안으로 던졌다. 그리고 계단을 올라가 시멘트 사출구를 연결해서 버튼을 눌렀다. 우물 안으로 꿀렁 소리를 내며 떨어지는 시멘트를 바라보며 써니는 쓸쓸히 생각했다. 벽을 다시 칠해야겠다고. 주엽의 이른 저녁 노을빛을 찾아보자고.

작가의 말

순남 인테리어는 빈번하게 일어나지만 깊숙이 숨겨져 있어 드러나기 힘든 가정 폭력에 대한 이야기이자 아주 사적인 이야기이다.

써니의 원래 이름은 선희이다. 순남 인테리어가 겉으로는 인테리어 업체이지만 실상은 살인 청부와 뒤처리를 하는 것처럼 뉴욕에서 평범한 주부로 사는 써니의 본모습은 선희이다. 선희는 타고난 살인 본성을 부정하고 써니로 살아가려 애를 쓴다. 아이러니하게도 본모습을 감추기 위해 선택한 남편이 저지른 가정 폭력이 써니의 본모습을 드러내게 한다. 어쩔 수 없이 드러나는 써니의 이중적인 모습이 이 이야기의 본질이자 우리 삶의 본질이라는 생각을 한다.

어쩌다 한시적으로 뉴욕에서 살게 된 내게 뉴욕은 참으로 인상 깊은 도시였다. 한없이 화려한 겉모습과 조금만 깊이 들여다보면 드러나는 추레하고 구저분한 모습이 인간의 모습과 꼭 닮았다. 뉴욕의 써니라. 그야말로 안성맞춤이 아닌가.

순남 인테리어가 사적인 이야기인 이유는 나 또한 밖으로 내어놓지 못하는 속내를 지닌 평범한 인간이기 때문이다. 인간이란 써니처럼 본성을 감추고서 살아갈 운명인 걸까. 아니면 타고난 그대로의 모습을 드러내며 선희처럼 살아도 되는 존재일까. 내게는 언제나 그 문제가 당면한 과제이기도 하다.

- 김영주 -

소향

다양한 장르의 글을 쓰고 있다. 2022년 김유정신인문학상을 받으며 작품 활동을 시작했고, 같은 해 한국콘텐츠진흥원 신진 스토리작가 공모전에 선정되어 첫 장편소설 『화원귀 문구』를 출간했다. SF소설집 『모르페우스의 문』, 장편 동화 『간판 없는 문구점의 기묘한 이야기』, 『또 정다운』을 썼다. 『우리의 연애는 모두의 관심사』, 『촉법소년』, 『빌런은 바로 너』 등 여러 앤솔러지에 작품을 실었다. 2023년과 2024년에 아르코문학창작기금을 받았다.

1.

 포레스트 요양병원의 밤은 끝나지 않을 것만 같았다. 야간 라운딩을 돌 때마다 김지현 간호사는 그런 생각이 들었다. 형광등 불빛이 창백한 복도를 공허하게 비추는데, 창밖의 빗소리와 간헐적으로 들려오는 의료기기 신호음만이 음울하고 불규칙한 연주를 이어 갔다. 다른 것은 모두 숨죽이고 있었다.
 근처에 숲도 없는데 이름이 포레스트가 뭐람. 아니지, 주위가 삭막하니 이름이라도 그렇게 지은 건가. 을씨년스러운 기분을 덮으려 지현은 이런저런 생각을 떠올렸다. 하얀 간호화가 리놀륨 바닥에 닿을 때마다 찌걱거리는 소리를 냈다. 복도에 늘어선 창문에는 빗방울에 반사된 도시의 불빛이 흐릿하게 달라붙었다. 야간 근무가 시작된 지 두 시간째, 대부분 환자가 이미 깊은 잠에 빠진 시간이었다.

요양병원의 밤은 낮과 달랐다. 약간의 활기와 분주함이 손님처럼 머물다 물러선 자리에는 무거운 그림자가 들어찼다. B동 3층은 중환자가 많아 더욱 음산했다. 301호에서는 폐암 말기 환자가 신음했고, 304호에서는 치매 환자가 끊임없이 중얼거렸다. 노인이 반복하는 준서야, 아침 먹고 학교 가야지, 같은 혼잣말이 문틈으로 슬금슬금 새어 나왔다.

지현은 각 병실을 확인하며 천천히 걸었다. 환자들의 상태를 점검하고, 수액 주입 속도를 확인하고, 혹시나 응급 상황은 없는지 살펴보는 것이 그의 일이었다.

307호 앞에 다다랐을 때 지현이 발걸음을 멈추었다. 미세한 금속성 소리에 이어 낮은 신음이 들려서였다. 307호 환자 박상훈은 뇌졸중 수술을 받고 입원했다. 회복 중이었지만, 아직 거동이 불편한 상태였다. 어쩌면 침대에서 일어나려다 떨어졌을지도 모른다. 지현이 병실문 손잡이를 잡았다. 서늘하고 매끈한 금속의 감촉이 손바닥을 타고 전해졌다. 왠지 모를 불안감이 심장을 빠르게 뛰게 했다.

병실 문이 열리자마자 얼굴을 훅 때리는 차가운 밤공기에 지현은 저도 모르게 깊은숨을 들이마셨다. 늘어져 있어야 할 커튼이 사납게 펄럭이고 있었다. 활짝 열린 창문으로는 초겨울 빗줄기가 마구 들이쳤다. 갑자기 온몸에 한기가 덮쳤다. 찬바람 때문만은 아니었다.

피! 지현은 공기 중에 녹아든 피 냄새를 먼저 맡았다. 그리고 눈 앞에 펼쳐진 광경에 외마디 비명을 질렀다. 핏빛으로 물든 병상에서 박상훈이 목에서 피를 뿜으며 고통스럽게 헐떡이고 있었다. 맥박이 뛸 때마다 짧고 날카로운 리듬으로 붉은 피가 곡선을 그렸다. 산소 튜브는 바닥에 떨어져 있고, 심전도 모니터가 불규칙한 파동을 그리며 경고음을 내질렀다. 어쩔 줄 모르고 벌벌 떠는 지현의 시선이 저도 모르게 병실 구석으로 조금씩 옮겨 갔다. 누군가 억지로 고개를 돌리기라도 하는 듯이.

거기에 한 여자가 서 있었다. 검은 코트를 입고 후드를 뒤집어 쓴 여자는 의식을 치르는 여사제처럼 보였다. 어둠 속의 여자와 지현의 눈이 마주쳤다. 그는 지현을 보고도 동요하지 않았다. 오히려 보는 쪽이 당황할 정도로 차분했다. 마스크로 얼굴 대부분이 가려져 있었지만, 여자의 눈빛만은 선명했다. 마치 오랜 시간 기다려 온 순간을 담담히 맞이하는 듯, 차갑고, 단호하고, 어딘가 슬픔이 묻어 있는, 그러면서도 깊은 곳에서부터 타오르는 광기가 스민 눈빛이었다.

"누, 누구세요!"

여자는 대답하지 않았다. 그러더니 순식간에 다가와 지현을 밀치고는 후문 쪽으로 내달렸다. 균형을 잃고 벽에 부딪힌 지현의 귓가에 복도를 따라 점점 스러지는 발소리가 들렸다.

지현은 간신히 비상벨을 누르고 환자를 살폈다. 박상훈의 눈은 공포로 크게 열려 있었다. 고개는 옆으로 꺾여 있었고, 왼쪽 목에 깊은 상처가 패여 있었다. 베개 옆에는 병원용 가위가 핏자국으로 얼룩진 채 보란 듯이 놓여 있었다. 무언가 말하려는 듯했지만, 숨만 더욱 가빠질 뿐이었다.

지현이 손바닥으로 출혈 부위를 눌렀다. 희고 가녀린 손가락 틈으로 뜨끈한 피가 미끄러지듯 흘러나왔다. 환자가 의식을 잃지 않도록 말을 걸어야 했다. 지현은 상훈에게 하는 건지, 자신에게 하는 것인지 알 수 없는 위로 같은 말을 간신히 꺼냈다.

"괜찮으세요? 조금만, 조금만 참으세요. 사람이 올 거예요, 곧······."

긴급 대응팀이 도착하기 전까지 그렇게 지현은 떨리는 손으로 상처를 압박했다. 연분홍색 유니폼이 붉은 피로 마구 얼룩지는데 상훈의 입술은 점점 푸르스름해졌고, 눈의 초점은 흐려졌다. 그걸 바라보는 지현의 머릿속에 방금 본 여자의 눈빛이 계속 맴돌았다. 그것은 살인자의 눈빛이 아니었다. 긴 여정을 마친 사람의 눈빛이었다.

멀리서 의료진이 달려오는 소리가 들려왔다. 그리고 그 순간, 상훈의 심전도 모니터 파동이 움직임을 멈추었다. 그제야 지현의 눈에 무언가가 들어왔다. 정교하게 만들어진 아이 방 미니어처, 병상 옆 탁자 위에 놓인 미니어처는 전에 본 적이 없는 것이었다.

11월의 차가운 비가 열린 창문으로 들이쳐 여전히 흩날리고 있었다. 마치 무언가를 씻어 내리려는 듯이.

2.

도진은 이따위로 건물을 설계한 누군가에게 욕을 퍼부었다. 아니, 잠시나마 아이에게서 눈길을 뗀 자신을 저주했다.

현지는 겨우 다섯 살이었다. 좁은 핸드레일 틈을 어떻게 비집고 들어간 걸까. 아무것도 모르는 천진한 아이가 삼면이 나선형 계단으로 둘러싸인 기다란 건물 벽에 붙은 폭 좁은 구조물 위에 위태롭게 서 있었다. 아이가 두 발을 모으고 서 있는 그곳은 그저 층을 구분하기 위한 경계석으로 먼지나 쌓여 있어야 할 곳이었다. 누구도 사람이 올라설 거라 생각하지 않을, 볼품없는 장식이나 마찬가지였으니까.

아이의 발밑이 무저갱처럼 느껴져 도진은 이마에 땀이 맺혔다. 한 발만 잘못 내디디면 5층 높이에서 1층으로 곧바로 추락하게 될 까마득한 공간에는 안전그물 같은 건 쳐 있지 않았다. 아이 몸이 앞으로 기울기라도 한다면…… 그 뒤는 생각하기도 싫었다. 도진은 아이가 놀라지 않게 부드러운 목소리로 어르며 손을 뻗었다.

"현지야, 옆으로 걷는 게 알지? 전에 바다 갔을 때 본 적 있지? 그렇게 게처럼 옆으로 살금살금 걸어오는 거야. 아빠한테 천천히. 할 수 있지?"

아이가 맑은 눈을 말똥말똥 뜨고 도진을 바라보았다. 그러고는 가늘게 떨리는 도진의 손을 향해 조금씩 옆걸음질 쳤다. 아이가 가까워질수록 도진의 심장은 더 크게 날뛰었다. 조금만 더 다가오면 현지의 손을 잡을 수 있다. 한 걸음, 한 걸음만 더. 도진이 현지의 손을 잡기 직전이었다.

전화벨 소리가 당직실 공기를 갈랐다. 몸을 벌떡 일으킨 도진은 꿈이었단 걸 깨닫자마자 안도의 한숨을 길게 내쉬었다. 시계는 자정을 가리키고 있었다. 빗줄기가 경찰서 당직실 유리창을 거세게 두드렸다. 그걸 보고서야 식은땀이 주르륵 흘렀다. 도진은 다시 눈을 감고 손을 뻗어 지치지 않고 울어 대는 핸드폰을 더듬었다.

"이도진입니다."

[형님, 아니 팀장님, 살인 사건입니다. 성북동 포레스트 요양병원으로 오셔야겠어요. 저희는 먼저 출발했어요.]

도진은 눈을 뜨고 잠시 시선을 허공에 둔 채 정보를 받아들이려 애썼다. 요양병원에서 살인이라니. 뭔가 어긋난 느낌이었다. 게다가 현지 꿈을 꾼 다음이라면……. 도진이 잠긴 목소리로 물었다.

"혹시 아이랑 관련된 사건이냐?"

[아이요? 더 조사해 봐야겠지만, 아닐걸요? 피해자는 48세 박상훈, 병원 가위에 목이 찔려 사망했어요. 당직 간호사가 순찰 중에 발견했는데, 여성으로 추정되는 용의자와 대면하긴 했지

만 뭐 제대로 본 건 없어요. 박상훈은 한 달 전쯤 뇌졸중으로 쓰러진 뒤 회복 중이었는데요. 중원개발이라고 그래도 꽤 규모가 있는 건설 및 부동산 개발 회사 대표예요. 그간 끊임없이 공사를 수주받아 왔고 중견 제조업체 공장, 대형 오피스텔, 대학 건물까지 다양한 시설을 시공했다네요. 그런데 대표가 쓰러지기 전 중원개발 횡령 의혹이 있었거든요. 탈세와 공사비 부풀리기 의혹이 불거진 데다 내부 고발자가 나타나면서 경찰이 수사에 착수했다고 하네요. 아마 그거랑 관련되지 않았을까요? 왜요, 또 그 꿈 꿨어요?]

도진이 아무 대답이 없자 전화를 건 형사가 다시 말했다.

[대답 못 하는 거 보니 맞네. 하지만 이번엔 아닐 것 같은데요? 형님 징크스 깨지겠네. 얼른 오세요. 빗길 운전 조심하시고요.]

도진은 전화를 끊고 밖으로 나가, 차가운 초겨울비를 뚫고 차를 몰았다. 빗물이 와이퍼에 밀려 나가며 밤거리를 일그러뜨렸다.

상념이 떠올랐다 가라앉았다. 강력계에서 다년간 근무하면서 깨달은 게 있다. 살인은 대부분 피해자가 아는 사람에 의해 일어난다는 것. 약 80%의 확률로 범인은 피해자와 연결되어 있었다. 특히 조용한 요양병원을 찾아가 범행을 저질렀다면 피해자와 개인적인 원한이 있을 가능성이 컸다.

차에서 내린 도진이 병원 건물을 바라보았다. 밤하늘에서 떨어지는 빗방울이 우산을 두드렸다. 입구로 걸어가는 도진의 마음 한구석에 이상한 예감이 자리 잡았다. 이 사건이 단순한 살인 사건이 아니라 이면에 더 깊고 어두운 무언가가 있다는 예감이. 현지 꿈을 꾸고 나면 늘 그런 사건과 마주쳤으니까.

정문 근처에는 이미 경찰 차량 두 대가 주차되어 있었다. 도진은 신분증을 보여 주며 병원 안으로 들어갔다. 건장하고 젊은 형사 한 명이 로비에서 그를 맞이했다. 아까 통화한 후배 강유준이었다.

"목격자가 있다고 했지?"

"네, 40대로 보이는 여성이었다는데 확실한 건 아니고요. 후드와 마스크를 쓰고 있어 얼굴은 보지 못했다네요."

"CCTV는?"

"확인 중이에요. 병실 내부에는 없고, 복도와 출입구 쪽에 설치되어 있긴 한데 노후화된 데다 밤이라 화질이 썩 좋지 않아요."

도진과 유준은 엘리베이터를 타고 3층으로 올라갔다. 복도와 병실 안에서 현장 감식반이 증거를 수집하고 있었다. 307호는 1인실로 창문이 열려 있어 냉기가 가득했다. 병실은 비교적 넓었지만, 장식이라고는 거의 없었다. 벽에는 달력과 명화 모작 한

점, 안내문만 걸려 있었다.

그래서 더 낯설어 보이는 물건이 하나 있었다. 침대 옆 테이블 위에 놓인 미니어처였다. 투명한 아크릴 케이스 안에 정교하게 만들어진 모형은 아이 방처럼 보였다. 벽지 패턴이 사랑스러운 작은 방에는 침대와 하늘색의 둥근 테이블, 장난감들이 축소되어 세밀하게 재현되어 있었다. 커튼은 자연스럽게 늘어뜨려져 있고 침대 머리맡에 조그마한 곰 인형이, 테이블 위엔 색연필 통과 스케치북이 가지런히 놓여 있었다. 창가 쪽엔 두툼하고 하얀 러그가 깔려 있었고 그 위에 한 남자아이가 공룡 인형을 안고 누워 있었다. 그리고 바로 옆에 아빠 인형이 모로 누워 아이를 바라보고 있었다.

병원과 어울리지 않는 그것을 누가, 왜 가져다 놓은 걸까 생각하는데 유준이 준비한 듯 말했다.

"좀 희한하죠? 박상훈 현재 동거인 정재인 씨가 가져다 놓은 거라고 하더라고요."

"현재 동거인?"

"네. 박상훈은 4년 전 이혼했고요. 올 초부터 정재인 씨와 사실혼 관계라 하더라고요. 박상훈이 이혼 후 이 여자 저 여자 많이 만났는데, 같이 산 건 처음이라니 어쨌든 아내라고 할 만한 사람인 거죠. 애도 있는 여자라는데 같이 사는 거 보면 되게 예쁜가 봐요."

도진이 고개를 끄덕였다. 좀 뜬금없는 물건이긴 했지만, 아내가 갖다 놓은 거라면 이상할 것도 없었다. 뇌졸중 환자고 회복 중이었다니 남편에게 위로가 될 만한 걸 궁리하다 갖다 놓은 건지도 몰랐다.

도진의 눈길이 병상으로 향했다. 하얀 시트 위로 번진 핏자국이 커다랗고 붉은 꽃처럼 피어 있었고, 바닥에는 핏물이 퍼져 처참한 무늬를 그리고 있었다. 그것 외에 방은 이상하리만치 깔끔했다. 핏자국과 베개 옆에 놓인 가위 말고는 어지럽혀진 흔적이 없었다. 혈흔의 패턴, 범행 도구의 위치 등 모든 게 일반적인 살인 사건과는 달랐다. 경동맥이 찔렸으면 벽이나 가구까지 더 넓게 혈흔이 튀어야 했다. 하지만 피는 과하게 튀지 않았고 방어흔도 없었다. 아무리 환자라지만 반사적으로 저항했을 텐데. 가해자는 면식범이었을까, 아니면 피해자에게 저항할 여유조차 주지 않았던 걸까.

도진은 잠시 창밖을 바라보았다. 병원 주차장에 고인 물웅덩이마다 가로등 불빛이 반사되어 어지러운 형상을 만들고 있었다.

도진이 다시 주변을 둘러보다 탁자 서랍을 뒤졌다. 그리고 물건 사이에서 눈에 띄는 종이 한 장을 집어 들었다. 10월 5일 자, 오늘이 11월 14일이니 한 달 하고 열흘 전 즈음의 인터넷 기사를 프린트한 종이였다. 빨간 펜으로 동그라미가 쳐진 기사가 보였다.

'중원개발 허위 계약 및 탈세 의혹, 경찰 수사 착수'

동그라미가 쳐진 부분 외에도 밑줄이 그어진 곳이 있었다. 내부 고발자, 횡령 의혹, 수사 확대 같은 단어들을 의도적으로 표시해 둔 것 같았다. 그리고 손톱으로 누른 듯한 작은 흠집과 종이를 움켜쥐다 만들어진 주름이 있었다. 박상훈, 아니면 누구라도 이 기사를 꼼꼼히 읽었다는 뜻이다. 비리 의혹이 보도된 다음 대표가 쓰러지고 회복되어 가는 중에 일어난 살인이라니. 회사 내부자의 소행일까? 아니면 단순한 우연일까?

미니어처 상자 또한 도진을 계속 혼란스럽게 했다. 어쩐지 봐 달라고 신호를 보내는 듯했다. 도진은 몸을 기울여 미니어처를 더 자세히 들여다봤다. 묘한 물건이었다. 몽환적으로 축소된 공간은 따스하면서 서늘하고 아늑하면서 어두웠다. 아이의 표정은 평온하고 방도 정갈했지만, 어딘가 불안했다.

도진은 곧 이유를 짐작할 수 있었다. 어긋난 게 있었다. 방구석에 작은 신발이 한 켤레 놓여 있었다. 슬리퍼 한 짝과 운동화한 짝. 짝이 맞지 않는 신발이었다.

3.

 새벽에야 겨우 눈을 붙인 도진은 눈을 뜨자마자 중원개발을 찾아갔다. 중원개발은 박상훈이 15년 전에 설립한 회사로 겉보기에는 평범한 건설회사였다. 하지만 사무실 분위기는 긴장되어 있었다. 직원들은 모두 불안한 표정으로 일하고 있었고, 복도에서도 작은 목소리로 수군거리는 소리가 들렸다. 박상훈이 사망했다는 소식이 벌써 퍼진 듯했다. 그렇지 않아도 어려운 와중에 대표까지 사망했으니 그럴 만도 했다.
 회계팀장 김영호는 40대 중반으로 보이는 성실한 인상의 남자였다. 김영호가 커피잔을 돌리며 걱정과 피로가 역력한 얼굴을 한 채 말했다.
 "대표님이 쓰러지기 전에 스트레스가 정말 심하셨어요. 연일 경찰에서 자료 제출 요구가 들어오고, 거의 잠을 못 주무시는 것 같았어요."
 "언제부터 그런 상황이었나요?"

"쓰러지기 2주 전부터요. 제보자가 내부 사람이라는 소문이 돌기 시작하면서부터."

김영호는 잠시 주변을 둘러보더니 목소리를 낮췄다.

"회사 분위기가 정말 좋지 않아요. 서로 의심하고, 점심도 같이 안 먹고, 회식도 없어지고. 누가 고발했는지 모르니까 더 그랬죠. 탕비실이나 복사기 앞에서도 서로 눈치 보고요. 겉보기엔 괜찮아 보여도 요즘 건설 경기도 안 좋고 회사가 정말 어려운데 안 좋은 일이 이렇게 연속으로 터졌으니."

도진이 고개를 끄덕이며 메모하고는 김영호에게 되물었다.

"그래서 최근 긴축 재정을 했다고 들었는데요."

김영호가 눈을 끔뻑이다 말했다.

"네, 그랬죠. 아, 그러고 보니 좀 특이한 일이 있었어요. 대표님이 회사 이름으로 가입된 보험 하나를 정리하라고 하셨거든요. 아드님 명의로 된 학자금 보험이 복리후생 차원에서 가입된 게 있어요. 수익자가 전 사모님으로 되어 있고요."

도진이 몸을 앞으로 기울였다.

"전 사모님이라면……."

김영호가 안경을 고쳐 쓰며 이어서 말했다.

"네. 이미 아실 듯하지만, 곽정은이라는 분인데 대표님과 4년 전에 이혼하셨거든요. 회사에서 임직원 자녀 학자금 보험을 단체로 가입할 때 들어간 건데, 수익자 변경을 안 하고 그대로 둔 거죠. 때가 때이니만큼 사적 유용으로 보일 수 있어 민감해서 그런 건지, 해지하라고 하시더라고요."

"이혼 사유는 뭐였죠?"

김영호의 목소리가 조심스러워졌다.

"아이 때문이겠죠."

빙글빙글 돌아가던 도진의 볼펜이 움직임을 멈췄다. 그것이 신호라도 되는 듯 김영호가 말을 이었다.

"아이가 사고로 죽었다더라고요."

어젯밤 악몽이 다시 떠올랐다. 이번에도 징크스는 여지없는 것인가, 도진은 절로 그런 생각이 들었다.

도진에게도 열 살 된 딸이 있었다. 다섯 살 때 5층에서 추락할 뻔했던 딸, 현지. 다행히 끔찍한 일은 벌어지지 않았지만, 그날의 공포는 아직도 생생했다. 도진은 위태로웠던 부부 관계를 회복해 볼 심산으로 휴가를 내고 딸과 하루를 보내기로 했다. 하지만 그날의 외출은 되레 이별을 앞당겼다. 딸이 위험에 처했던 사실을 알게 된 아내는 더는 견딜 수 없다는 듯 이혼을 요구했다. 도진은 후회하고 후회했다. 아이에게서 잠시라도 눈을 떼지 말아야 했다는 자책도 무의미하게 느껴질 때쯤, 그날의 악몽을 꾼 날이면 아동 관련 사건을 맡게 되는 징크스가 생겼다.

"곽정은 씨는 지금 어디서 어떻게 지내는지 아십니까?"

"아뇨, 저야 그런 것까지는 모르죠. 이혼하자마자 말도 없이 사라져 지금까지 연락 두절이라고는 들었어요. 당연한 얘기지만, 충격이 크셨겠죠. 대표님도 처음엔 머리 깎고 산에 들어갔나 했대요. 그런데 알고 보니 미국으로 떠나셨더라고요. 그 뒤 소식은 모른다고 하셨고요."

미니어처와 아이의 죽음, 그리고 사라진 전처. 도진은 메모하며 생각했다. 보이는 게 다가 아닐 수 있겠다는 생각을.

4.

도진은 박상훈의 개인사를 조사하기 시작했다. 이혼 후 곽정은의 주민등록상 주소는 돌아가신 어머니 집으로 되어 있었지만, 알아본 결과 해당 주소지에 실제 거주한 적이 없는 것으로 확인됐다. 현재는 국적 상실 처리와 함께 주민등록도 말소된 상태였다.

가족관계증명서를 훑던 도진의 눈이 한 이름에서 멈추었다. 박찬희. 2012년 4월 19일생. 그런데 그 옆에 사망 일자가 적혀 있었다. 2020년 7월 25일.

교통사고 처리 기록으로 찾은 당시 사건 개요로 보면 사고 장소는 강남구의 한 도로변으로 박상훈과 곽정은이 거주하던 아파트 근처였다. 사고 경위서를 읽어 가던 도진의 얼굴이 굳어졌다. 사고 발생 시각인 2020년 7월 25일 토요일 오후 2시 35분은 여름의 한가운데였다. 그날 서울의 최고 기온은 33.9도. 기록에 따르면 찬희는 아파트 지상 주차장에 주차되었던 박상훈의 차에서 내려 혼자 길을 걷다가 사고를 당했다. 목격자 진술에는 더욱 참혹한 진실이 담겨 있었다. 아이가 엄마 목말라, 라고 중얼거리며 차에서 내렸다는 것이었다.

도진은 얼굴을 일그러뜨리며 보고서를 계속 읽어 내려갔다. 그날 곽정은은 볼일이 있어 집을 비운 상태였다. 사고 당일 오후 2시경, 박상훈은 아이와 둘이 늦은 점심을 먹으러 외출하려다 아이를 차에 두고 내린 뒤 아파트 배드민턴장 근처 벤치에 앉아 전화를 받고 있었다. 통화가 길어지자 아이는 더위와 배고픔, 갈증을 견디지 못하고 차에서 내렸다. 그리고 어디를 가려던 것인지 아파트 정문을 나와 길을 걷다 사고를 당했다. 아이는 미끄러지듯 차도 쪽으로 기우뚱 넘어졌고, 운전자는 갑자기 넘어진 아이를 피하지 못했다.

도진은 사건 담당자였던 문상철에게 전화했다. 시간이 꽤 흘렀지만, 문상철은 사건을 기억하고 있었다.

[도대체 아버지라는 작자가 말이죠. 아홉 살밖에 안 된 애를 그 더운 날 차 안에다 30분 가까이 방치했다는 게 참.]

"박상훈은 그 시간에 누구와 통화한 건가요?"

[처음에는 업무용 전화라고 했어요. 그런데 알고 보니 그게 아니더라고요. 여자가 있었어요. 그래서 그렇게 정신 못 차리고 통화한 거죠. 시간 가는 줄 모르고.]

도진의 귓가에 전화기를 빠져나온 문상철의 한숨이 닿았다.

[아이 엄마가 정말 힘들어했어요. 도저히 조사할 수 없을 정도로 오열하다 실신하는데, 보는 우리도 얼마나 안타깝던지. 엄마들이 다 그렇겠지만, 아이를 잃은 충격이 무척 커 보였어요. 나중에 얼핏 들은 얘기로는 먹지도 자지도 않고 온종일 아이 방에서 넋 나간 사람처럼 누워 있었다고 하더라고요.]

그 뒤로 충분히 예측 가능한 일이 이어졌다. 아내는 끝없이 남편을 원망했고, 죄인처럼 굴던 남편은 점점 아내가 지겨워졌다. 갈등 끝에 정은이 집을 나가 연락을 끊자, 상훈은 이혼 소장을 제출했다. 법정 조정 절차에서 이혼에 합의한 날, 그들은 마지막으로 마주 앉았다. 그리고 박상훈은 4년 뒤인 올해 초에 새로운 여자, 정재인과 동거를 시작했다.

도진은 압구정동에 있는 박상훈의 집으로 정재인을 만나러 갔다. 화려한 화장을 한 여자가 가운으로 몸을 감싼 채 문을 열었다. 정재인이었다. 재인은 놀란 기색도 없이 도진을 맞았다. 그러고는 소파로 안내하고 잠깐 기다리라 하더니 도로 안방에 들어갔다.

아파트는 50평 정도의 깔끔한 공간이었다. 지은 지 오래되어 외관은 낡았지만 단지는 잘 정돈되어 있었고, 내부는 말끔하게 리모델링되어 있었다. 모던하고 고급스러운 가구들이 감각적으로 배치된 거실에는 추상화 몇 점이 각 맞춰 걸려 있었다.

도진은 재인이 결벽증인 걸까, 아이 키우는 집이 이럴 수가 있나 생각했다. 집 안이 삭막할 정도로 정갈했다. 컵 하나, 잡지 하나 흐트러진 것이 없었다. 거실 벽에 걸린 커다란 가족사진이 아니었다면 아이가 있는 집이라는 걸 모를 정도였다. 도진이 상훈과 재인의 사이에 앉은 아이의 얼굴을 바라보았다. 재인의 아들 지우는 커다랗고 똘망똘망한 눈을 가진 귀여운 아이였다.

시간이 꽤 흘렀는데 재인은 나오지 않았다. 안방 근처에 가서 기척을 내 볼까 하다 실례일 것 같아 망설이는데 옷을 갈아입은 재인이 방에서 천천히 걸어 나왔다. 그리고 도진을 바라보며 상냥한 미소를 지었다. 남편이 죽었는데도 재인에게선 활기마저 느껴졌다.

"기다리시게 해서 죄송해요. 제가 낮잠을 꼭 자는 편인데 아까 꼴이 엉망이라 그렇게 형사님을 맞을 순 없어서요. 많이 기다리셨나요?"

"아닙니다. 그런데 어디 외출하시려던 참인가요?"

"아니요? 오늘은 집에 있어요."

"아, 그렇군요."

도진은 낮잠을 잤다는 사람이 왜 저렇게 진한 화장을 하고 있는지 의아했지만 묻지 않았다.

재인이 도진의 맞은편에 앉아 긴 머리를 묶으며 말했다.

"형사님은 꿈을 꾼 뒤에 얼마나 기억하세요? 아니면 그게 기억인지 꿈인지 헷갈릴 때 있으세요? 제가 조금 전에 그런 꿈을 꿨는데 들어 보실래요?"

도진은 재인의 뜬금없는 질문에 남편을 잃은 지 얼마 안 돼서 정신이 나간 걸까, 그런 생각이 들었다.

"사건이 있던 시간엔 어디 계셨죠?"

도진이 대답하지 않고 딱딱한 말투로 곧장 사건에 대해 묻자, 재인의 미소가 금세 사라졌다.

"요즘 일이 많아 이틀 넘게 남편을 보지 못했거든요. 그날도 전시회 준비로 바빴고요. 늦게나마 잠시 들렀다가 돌아오는데 무리한 탓인지 갑자기 스트레스와 피로가 마구 밀려오더라고요. 그래서 근처 골목에 차를 세우고 안에서 좀 쉬었어요. 그러다 깜빡 잠이 들었고요."

재인의 대답은 여러 가지로 의심스럽고 어설펐다.

"아이가 혼자 있는데 왜 집에 빨리 돌아가지 않으셨죠?"

"그날 기분이 엉망이어서요. 제가 감정이 얼굴에 다 드러나는 편인데 그런 얼굴로 아이를 볼 수는 없었죠. 아빠도 아픈데 저라도 웃는 낯을 보여야죠. 그리고 지우 혼자 있지 않았어요. 아주머니께 주무시고 가 주십사 부탁했거든요."

"아이를 혼자 두는 일이 자주 있습니까?"

재인은 목걸이를 만지작거리며 바로 대답하지 않았다. 그 잠깐의 침묵 사이로 미묘한 균열이 스며드는 것 같았다. 재인의 표정이 점점 복잡미묘해졌다. 도진이 그의 표정을 읽으려 애쓰는데, 재인이 다시 입을 열었다.

"바쁠 때 가끔요. 혼자 사는 분이라 추가 수고비 받을 수 있다고 오히려 좋아하세요."

"미니어처는 왜 가져다 놓으셨나요?"

"건축 일을 해서 그런지 남편이 그런 걸 좋아했어요. 정교한 걸 보는 거 말이에요. 병원에만 있으니 심심할 것 같아서 갖다 놨어요."

"아이 방 같던데, 혹시 아드님 방인가요? 직접 만드신 건지."

"네, 저는 개인 주문을 받거나 소규모 전시회에 출품하는 미니어처 아티스트예요. 작업실이 있지만 집에서도 가끔 작업하는데 한번 보시겠어요?"

도진이 고개를 끄덕이자 재인이 몸을 일으켰다. 가장 구석방에는 각종 미니어처 재료와 도구가 크기별로 분류되어 있었다. 도진의 시선이 한 곳에 멈췄다. 다양한 연령대, 다양한 옷차림의 아이 인형들이 따로 상자에 보관되어 있었다. 그중에서도 열 살 정도 되어 보이는 남자아이 인형이 가장 많았다.

"어떤 주제로 주로 작업하시나요?"

"방이요. 사람들이 살았던 방. 제겐 세상의 모든 방이 특별해요. 누군가의 시간이 담겨 있으니까요."

"그럼, 병원에 가져가신 것도 특별한 의미가 담긴 작품이겠네요."

"아니요. 그냥 아이 방을 보면 어서 회복해 집에 오고 싶어질 거라 생각했어요."

손가락으로 테이블 위의 작은 인형을 만지작거리던 재인이 여전히 달콤하고 매끄러운 말투로, 하지만 어쩐지 낮아진 목소리로 대답했다. 그리고 그렇게 말하는 재인의 어깨가 미세하게 굳어졌다가 원래대로 돌아오는 걸 도진은 놓치지 않았다.

"이 일을 좋아하시나 봐요."

"미니어처를 만들 때는 시간이 멈춘 것 같아요. 그 작은 세계 안에서는 모든 게 완벽해질 수 있거든요. 아무도 떠나지 않고, 아무것도 변하지 않죠. 제가 원하는 순간으로 만들 수 있어요. 처음엔 그냥 취미였어요. 하지만 점점 그 안에서 숨을 쉴 수 있게 됐어요. 현실은 너무 크고 통제할 수 없는 것투성이잖아요. 하지만 여기서는 제가 신이나 마찬가지예요. 모든 걸 제자리에 둘 수 있죠."

어쩐지 도진도 납득이 되는 말이었다.

"친아들도 아니고 같이 산 지 오래된 것도 아닌데, 박상훈 씨가 지우를 꽤 예뻐했나 보죠?"

이번에는 도진이 부러 도발적으로 물었다. 하지만 재인은 어느새 생기 있는 모습을 되찾고 미소 지으며 말했다.

"그럼요. 그이는 지우를 무척 아꼈어요."

"그런데 지우는 집에 없네요? 어디 갔습니까?"

"도우미 아주머니랑 병원에 갔어요."

"그렇군요. 한번 만나고 싶었는데. 지우 방이라도 한번 볼 수 있을까요?"

"그러세요."

지우의 방은 정말 미니어처랑 똑 닮아 있었다. 미니어처로 먼저 보아서인지, 실제 아이의 방을 보자 순식간에 마법처럼 크기를 키운 공간이 되레 낯설게 느껴졌다. 도진이 천천히 아이 방을 눈으로 훑었다.

뭔가 달랐다. 미니어처와 방은 분명 작은 차이가 있었다. 생활하는 공간이니 물건이야 있다가도 없어지고 위치도 바뀔 수 있지만, 그런 게 아니었다. 도진은 틀린 그림 찾기를 하듯 기억 속의 미니어처를 떠올려 눈 앞에 펼쳐진 광경과 비교했다. 뭘까, 뭘까. 답을 찾지 못해서인지 가슴이 답답해졌.

"이만 가 보겠습니다. 다음에 또 뵙죠."

도진이 인사를 건네고 집을 나섰다. 그리고 현관문이 닫히는 소리가 들리자마자 무엇이 달랐는지 깨달았다. 미니어처에는 있고, 지우의 방에는 없는 것. 아이 신발이었다. 생각해 보면 방에 신발이 있는 게 더 이상한 일인데도, 실제 지우 방에는 신발이 있어야만 할 것 같은 기분이었다.

도진은 생각에 잠긴 채 로비 현관을 나서 단지 안 인도를 걸었다. 안간힘을 쓰며 매달려 있던 낡은 나뭇잎들이 찬바람에 우수수 떨어졌다.

그때 한 아이의 손을 잡은 중년 여인이 도진의 옆을 스쳐 지나갔다. 몇 걸음 뒤에 도진이 발걸음을 멈추었다. 그리고 몸을 돌려 부인과 아이에게 빠른 걸음으로 다가가 물었다.

"혹시 너 지우 아니니?"

부인이 아이의 손을 그러잡으며 그러는 당신은 누구냐는 눈빛을 건넸다. 아이도 맑은 눈으로 도진을 바라보았다. 상훈의 집 가족사진 속 아이, 지우가 틀림없었다.

"아, 경찰입니다. 박상훈 씨 사건을 조사하는 중입니다. 병원에 다녀오는 길이신가요?"

그제야 여인이 경계의 눈빛을 풀었다.

"네, 맞아요."

"어디가 아팠습니까?"

"알레르기 때문에. 지우가 딸기 알레르기가 있나 봐요."

"딸기가 나오기는 아직 이르지 않나요?"

리셋 73

"아, 그러니까요. 아직 철이 이른데 지우 엄마가 하도 난리라 가게 몇 군데 돌고 백화점까지 가서 간신히 사 왔더니만, 애 입술이랑 눈은 퉁퉁 붓지, 얼굴에 반점은 퍼지지, 배는 아프다지, 진짜 깜짝 놀랐다니까요."

여인은 도진에게 인사하고 다시 몸을 돌려 걸어가며 중얼거렸다.

"에휴……. 무슨 엄마가 자기 애가 무슨 알레르기가 있는지도 몰라."

5.

문이 반쯤 열린 옛날 초등학교 교실, 해 질 무렵의 병실, 쓰다 만 편지가 책상 위에 올려진 작은 공부방. 마우스 스크롤을 굴릴 때마다 정교하게 축소된 공간들이 차례로 화면에 떠올랐다. 도진이 검색 사이트에서 재인의 이름으로 찾은 작품 사진들이었다. 작품은 단순히 공간을 재현하고자 만들어진 것이 아니라 각각 서사를 품고 있는 듯했다. 어떤 기억의 단면을 영원히 박제하려 만든 듯이. 그중에서 가장 두드러지는 건 역시 〈아이 방〉 시리즈였다. 나이도, 성별도, 사는 곳도 다른 아이들의 방.

도진은 가장 최근에 열린 전시회 관계자를 만났다. 인사동에서 작은 갤러리를 운영하는 김소영 관장이었다. 김 관장은 자신도 재인의 팬이라며, 그의 작품이 특별하다고 했다.

"작가님은 기억을 재구성하는 작업을 하시거든요. 그래서인가 묘한 감정을 불러일으키죠. 작가님이 만든 방들을 들여다보면 꼭 누군가의 기억 한 조각을 훔쳐보는 느낌이 들어요. 어떤 분들은 한참 동안 서서 감탄하셔요. 정말 섬세하다, 마음이 전해진다고 하시면서요."

조금 더 감상적일 뿐, 도진이 느낀 감정과 비슷한 말이었다. 사람들이 느끼는 게 다 비슷한 건가, 도진이 생각하는데 관장이 다시 말을 이었다.

"그렇다고 관람객들 반응이 다 좋았던 건 아니에요. 어떤 분들은 너무 사실적이라 보다 보면 조금 병적으로 느껴진다, 어쩐지 섬찟하다고도 하거든요. 특히 아이 방 시리즈 반응이 갈려요. 다른 작품은 다 좋아하면서도요."

도진은 핸드폰을 켜고 병원에서 촬영한 미니어처 사진과 전시회 카탈로그를 나란히 놓고 비교했다. 세 번째 작품의 커튼이 박상훈 병실의 미니어처와 완전히 같았다. 손으로 재봉한 듯 비틀린 주름조차. 방문이 열린 각도까지 서로 일치했다. 그리고 책상은 다음 작품에, 러그는 그다음 작품에. 그런 식이었다. 지우의 방은 여기저기에 조각나 흩어져 있었다. 도진은 병원에 있는 미니어처가 지우의 방이기도 하고 다른 아이의 방이기도 하다는 걸 눈치챘다. 정교한 만큼이나 마음속에 각인된 어떤 아이의 방.

도진은 재인에게 뭔가 있다고 확신했다. 그만큼 재인이 의심스러웠으나 뭐가 의심스러운지는 아직 콕 집어 말할 수가 없었다.

그때 후배 유준이 정재인의 아파트 근처 CCTV를 분석한 결과를 메시지로 보내왔다. 캡처 이미지엔 사건 당일 밤 9시쯤, 베이지색 트렌치코트를 입은 재인이 아파트를 나서는 장면이 담겨 있었다. 그리고 새벽 1시경, 같은 복장으로 돌아오는 모습도 포착됐다. 간호사가 본 여자와 옷차림이 달랐지만, 차에 여분의 옷을 갖고 있을 가능성이 있었다. 도진은 유준이 사진과 함께 보낸 메시지를 읽었다.

정재인 휴대전화, 범행 시각에 병원 근처 셀 기지국에서 잡혔어요.

핸드폰 추적이 그리 나온 건 병원 근처 골목에 주차한 뒤 쉬다 잠들었다고 한 재인의 진술과 일치하는 것이었다. 이제 재인이 차에서만 머물렀는지, 아니면 차에서 내려 어디론가 이동했는지를 확인할 차례였다. 골목에 CCTV가 있다면 그것을, 없다면 차량 블랙박스를 확인해 봐야 할 터였다. 중요한 건, 그 밤 재인이 집에 없었고 병원 인근에 있었다는 사실이었다.

도진은 곧장 포레스트 병원으로 향했다. 병동에서 재인의 사진을 본 김지현 간호사는 고개를 갸웃했다.

"음, 잘 모르겠어요. 느낌이랑 체형이 비슷하긴 한데, 맞는 것도 같고 아닌 것도 같고. 여기까지 오셨는데 도움도 못 드려 죄송해요."

지현이 어색한 웃음을 지었다. 그때 옆에 있던 다른 간호사가 혹시 이런 것도 도움이 될지 모르겠다며 조심스럽게 끼어들었다.

"박상훈 님은 기억 쪽에 문제가 좀 있었어요. 레트로 그레이드 기억상실이라고, 사고나 뇌 손상 때문에 예전 일을 잘 기억하지 못하는 증상인데요. 상훈 님은 수술 뒤 우리 병원으로 옮긴 직후부터 이 증상을 보이셨어요. 최근 몇 년 사이의 일들은 잘 기억 못 하셨지만, 반대로 아주 오래된 기억들은 놀랄 만큼 또렷하게 간직하고 계셨죠. 그래서인지 자꾸만 부인을 정은이라고 부르셨어요."

"재인이 아니고, 정은이라고요?"

"네. 제가 보호자님 성함을 아는데, 섭섭하겠다 싶었거든요."

도진의 손가락이 데스크 위를 규칙적으로 두드렸다. 간호사들은 다음 질문을 기다리는 학생처럼 말이 없었다.

"그럼 혹시 박상훈 씨가 아이에 대해 한 말은 없나요?"

이번에는 김지현 간호사가 대답했다.

"뇌졸중 환자의 언어능력이 떨어지는 건 흔한 증상이거든요. 다행히 상훈 님은 유창성이 떨어지고 말하는 속도가 느려졌을 뿐 어느 정도 대화를 할 수 있었어요. 제게 가끔 물으셨어요. 찬희는 어디 갔냐고, 왜 한 번도 안 오냐고요."

"지우가 아니라, 찬희를 찾았다는 거죠?"

"네, 분명히 그렇게 들었어요. 제 친구 중에도 이름이 찬희인 애가 있어 기억해요."

그날 병실에 들어온 사람은 정재인일까, 아니면 행적이 묘연한 곽정은일까. 도진은 이제 그걸 밝혀내야겠다고 생각했다.

도진이 지시한 수사 항목은 세 가지였다. 병원 주차장과 정재인이 차를 댔다던 골목 CCTV와 주변 차량의 블랙박스 수거, 미니어처 지문 감정, 그리고 곽정은의 출입국 기록 확인이었다. 재인이 만든 물건이라 그의 지문은 당연히 나올 터였고 박상훈 지문이 나온대도 이상하지 않았다. 그러나 곽정은의 지문이 나온다면? 이야기는 완전히 달라진다.

"소주 한잔 사셔야 합니다."

유준이 생색내며 USB와 서류를 내밀었다. 도진은 옅게 웃으며 고개를 끄덕이고 USB를 노트북에 꽂았다. 파일 목록 중 '20251114_CCTV_B07.mov'라는 영상이 눈에 들어왔다. 타임스탬프는 사건 당일 밤 10시 5분. 도진이 재생 버튼을 눌렀다.

"영상분석팀에서 골목 내 차량 다섯 대의 블랙박스를 시간순으로 정리했어요. 연결 상태가 매끄럽진 않지만, 장면은 이어져요."

흑백처럼 보이는 흐릿한 야간 화면. 병원 인근 골목 차량 블랙박스에 찍힌 영상이었다. 병원에서 70미터쯤 떨어진 지점이었다. 몇 대의 차량이 평행 주차되어 있었다. 잠시 후 화면 오른쪽으로 흰색 SUV가 천천히 골목 안으로 들어왔다. 정재인의 차량 번호가 선명히 보였다. 차는 약간 주춤하더니 곧 시동이 꺼졌다. 10여 분이 지난 뒤 뒷좌석 문이 열렸다. 그리고 검은 후드 코트를 입고 마스크를 쓴 여자가 내렸다. 정재인이었다. 그날 밤 범인이 입은 옷은 간호사의 증언과 병원 CCTV로 이미 확인됐다. 베이지색 트렌치코트에서 검정 후드 코트로, 스틸레토 힐에서 운동화로 바꿔 신었지만, 정재인이 틀림없었다. 보행 분석을 해봐도 동일인으로 나올 터였다. 검은 코트의 여자는 골목을 빠져

나와 병원 뒤편으로 들어섰다. 그 방향엔 병원의 구 출입구가 있었다.

도진은 정지 버튼을 눌렀다. 그다음은 굳이 확인할 필요가 없었다. 차 안에서 쉬다 잠들었다는 재인의 진술은 거짓이었다. 잠시 후 국과수로부터 연락이 왔다. 도진은 전화기를 집어 들고 물었다.

"이도진입니다. 결과 나왔습니까?"

수화기 너머로 담당관의 목소리가 흘러나왔다.

[네. 미니어처에서 나온 지문은 두 개였습니다. 그리고 박상훈과 곽정은의 지문과 일치했어요.]

"확실한 거죠?"

[그럼요.]

도진은 전화를 끊고 유준이 건넨 서류를 보았다. 거기 도진의 예상을 증명하는 내용이 적혀 있었다. 역시 그랬다.

6.

도진은 정재인의 아파트를 다시 찾았다. 재인 대신 도우미 아주머니가 문을 열어 주었다. 도진은 고개를 숙이며 집 안으로 들어섰다. 아파트는 여전히 깔끔했고, 모든 물건은 그 자리에 있었다. 도우미가 목소리를 낮췄다.

"지우 엄마 지금 지우 낮잠 재우고 있거든요. 거실에서 조금만 기다리세요. 곧 나올 거예요."

도진은 알겠다고 대답하고 소파에 앉았다. 잠시 후 도우미가 따뜻한 보리차 한 잔과 과자를 내왔다.

"지우가 열 살이죠?"

"네, 맞아요."

"많이 컸는데 아직도 엄마랑 낮잠을 자나 보네요."

도진이 아무렇지 않은 척 과자를 씹으며 묻자, 도우미가 안방 쪽을 한번 흘끔 보고 입술을 삐죽거렸다.

"그러니까 말이에요. 사람이 얼마나 별난지 어떨 때는 친엄마 맞나 싶게 차갑게 굴다가, 저럴 때는 또 끌어안고 물고 빨고. 아무튼 종잡을 수가 없어요."

주방 쪽으로 몸을 돌리려던 도우미는 뭔가 생각났다는 듯한 표정을 짓더니 고자질하는 아이처럼 도진의 귓가에 속삭였다.

"전에 지우가 딸기 알레르기 때문에 난리가 났잖아요. 그런데 애 엄마가 딸기를 또 먹였더라고요. 애가 안 먹을까 봐 그랬는지

제가 모르는 새 샌드위치 속에 썰어서 넣었다니까요. 진짜 미쳤나 싶고."

도진의 눈빛이 반짝이는 걸 보자, 도우미가 신이 난 듯 말을 이었다.

"게다가 어제는 또 뭐냐, 지우한테 찬희야, 찬희야 그러면서 하루 종일 붙들고 앉아 있는 거예요. 애가 아니라고, 자기는 지우라고 그러는데 아랑곳없고. 그리고 이상한 게 또 있어요. 어떨 때 보면 지우 방에서 혼자 뭔가 중얼거리면서 돌아다녀요. 처음엔 지우한테 무슨 얘길 하는 건가, 했는데 가만 들어 보니 계속 혼자 중얼중얼하면서 방을 빙빙 돌아다녀요. 기분 나빠서 이 집 그냥 그만둘까 싶어요. 내가 일할 데가 여기밖에 없는 것도 아니고."

도우미는 한결 개운해진 표정으로 몸을 일으키더니 주방으로 향했다. 잠시 후, 재인이 방에서 나와 차분한 미소로 눈인사를 건넸다.

"무슨 일로 또 오셨어요, 형사님?"

도진이 정재인의 서류 한 장을 꺼내 테이블 위에 놓았다.

"서로 오시라고 하려다 개인적으로 궁금한 게 있어서요, Jane Jung 씨."

재인이 서류를 바라보았다. 결혼 증명서에 '개명 전 성명: 곽정은'이라는 문구가 선명했다. 결혼 증명서에는 신부의 이전 이름과 새 이름이 모두 기록되어 있었다. 그러나 재인은 동요하는 기색이 없었다.

"금방 알아내실 줄 알았어요."

앞에 놓은 물을 한 모금 마시고 재인이 다시 말했다.

"미국에서 새로 시작하려고 했어요, 다른 사람이 되어서."

"지우 아버지는 언제 돌아가셨죠?"

"2년 전이요. 지우랑 둘이 남았을 때, 한국에 돌아가야겠다고 생각했어요."

재인의 목소리가 조금씩 떨리기 시작했다. 한 손으로 힘들게 붙들던 가면에 균열이 생기고 있었다.

"그동안 무슨 일이 있었습니까?"

재인이 천천히 가족사진 쪽으로 고개를 돌리며 물었다.

"형사님은 아이가 있나요?"

도진이 고개를 끄덕이자 재인이 되물었다.

"아이를 잃으면 가장 힘든 게 뭔지 아세요?"

도진은 집 근처 골목길을 떠올렸다. 현지가 떠난 뒤 그 골목길은 긴 여행을 마치고 돌아온 순례자의 고향처럼 익숙하고도 낯설어졌다. 들어가지 않겠다고 울며 떼쓰던 이사랑 치과의원. 도진은 커피를, 현지는 우유를 마시던 피가로 베이커리. 같이 서서 구경하며 꽃 이름을 알려 주었던 홍요정 화원. 영특한 현지는 골목에 늘어선 간판을 더듬더듬 읽곤 했다. 따뜻하고 몰캉한 아이의 작은 손을 잡고 걸었던 시간이 도진은 너무나 그리웠다.

이제 홀로 그 길을 걸으면 낡은 간판들이 도진 곁을 터덜터덜 스쳐 지나갔다. 그것들이 자신처럼 비참해 보여 마구 뜯어내 버리고도 싶었다. 그렇지만 그마저 사라진다면 더욱 견디기 힘들어질 거란 것을 잘 알고 있었다. 그래서 아직 도진은 동네를 떠나지 못하고 있다.

"더는 말랑하고 향긋한 아이를 안지 못하는 것, 자그만 아이를 안고 장난치다 함께 스르르 낮잠에 빠지지 못하는 것, 아이가 좋아하던 딸기를 입속에 쏙 넣어 주지 못하는 것. 엄마, 더워, 배고파, 엄마 어딨어? 라는 말이 자꾸 들리는 것. 그래서 만약이란 걸 자꾸 생각하게 되는 거예요. 찬희가 떠난 뒤, 끊임없이 생각했어요. 만약에 내가 그날 집에 있었다면, 만약에 내가 그 여자만큼 예뻤다면, 만약에 내가 진작에 그 슬리퍼를 버렸다면. 만약에 그날 외출하지 않았다면…… 찬희가 아직 살아 있을까?"

그 순간 도진은 정재인의 가면이 조각조각 깨져 나가며 상처 입은 한 여자가 모습을 드러내는 것을 보았다. 눈물에 젖은 빨간 눈으로 재인, 아니 정은이 말했다. 수양하는 스님처럼 미니어처를 만들며 수만 번 생각해도 만약의 끝은 언제나 같은 곳에 도달했다고. 그랬을 거란 것에, 자신이 생각한 '만약'이 옳다는 것에…….

상훈과 헤어진 뒤 정은은 항공권 구매 사이트에서 아무 도시나 클릭했다. 그리고 무작정 미국으로 떠났다. 매일 산책하던 공원에서 정은은 찬희의 눈을 닮은 아이 지우를 만났다. 그리고 지우를 통해 지우 아빠와 가까워졌다. 지우 아빠 정석진은 상처한 뒤 혼자였고 둘은 교제를 시작했다. 지우를 아끼는 정은에게 석진은 금방 마음을 열었다. 정은은 석진과 결혼 후 시민권자인 석진의 성을 따르고 이름을 바꾸었다.

"처음엔 정말 새로 시작하는 줄 알았어요. 지우를 만났을 때, 지우 아빠와 가족이 됐을 때, 찬희 같은 눈을 가진 지우를 보면서 혹시 하늘이 다시 준 기회일까 생각했어요. 다시 엄마가 될 수 있는 기회요."

정은의 손이 떨렸다.

"저는 그냥, 나쁜 일을 하나도 겪지 않은 사람처럼 살고 싶었어요."

Jane Jung이 되는 건 생각보다 쉬웠다고 정은이 말했다. 정은이 쓸쓸하게 웃었다.

"서류상으로만이 아니라 정말로요. 곽정은이라는 이름에는 너무 많은 아픔이 붙어 있었거든요. 무능한 엄마, 아이를 지키지 못한 엄마…… 그런 이름들이요."

재인, 아니 정은이 손으로 얼굴을 감쌌다. 도진은 담배 생각이 절로 났다. 연기를 한 모금 길게 빨아들이고 분명 손이 기억할 동작으로 솜씨 좋게 재를 털어내고 싶었다. 그러면 답답한 마음이 조금은 가라앉을 듯했다.

7.

재혼 후 몇 달간, 재인은 새 삶을 얻었다고 생각했다. 거울을 봐도 다른 사람이 된 것 같았고, 지우를 안고 있으면 시간을 되돌린 것 같았다. 그러나 새로 이룬 가정은 신기루처럼 사라졌다. 췌장암 진단을 받은 뒤 석진은 오래지 않아 사망했다. 정은은 놀라지 않았다. 슬퍼하지도 않았다. 아무 죄 없는 아홉 살도 죽었는데 마흔 넘은 사람이 죽는 일 같은 건 이상할 것도 없었다. 정은은 Jane Jung이란 이름으로 한국에 돌아왔다. 석진의 아들 지우와 함께.

"지우는 딸기를 먹지도 못하고, 공룡보다 자동차를 좋아해요. 그래서 다시 돌아왔어요. 찬희 아빠에게로, 찬희의 숨결이 스민 이 집으로. 그러면 그때로 돌아갈 수 있을 것 같았어요."

정은이 상훈을 찾아간 날, 상훈은 덤덤하게 정은을 맞았다. 정은의 달라진 모습 때문인지, 죄책감 때문인지는 알 수 없었다. 어쩌면 그렇게라도 다시 가정을 꾸리고 싶을 만큼 외로웠는지도.

정은은 원래 자신이 살던 집에서 곽정은이 아닌 정재인으로 살기 시작했다. 그리고 박상훈이 외도한 여자처럼 살았다. 화려하고, 자신감 넘치고, 지적인 여자. 예전의 곽정은이 아닌 새로운 사람으로.

아픔이 없는 사람처럼 연기하는 것은 고통을 지워 주지 못했다. 하지만 정은은 견뎠다. 다시 한번 인생을 새로 쓰고 싶었다. 찬희의 눈을 가진 아이를 통해 찬희가 죽기 전으로 돌아가는 것, 과거로의 리셋, 그것이 정은이 진정 원하는 것이었고 리셋에는 그 시절을 함께하고 찬희를 기억하는 박상훈이 꼭 필요했으니까.

"그런데 남편이 쓰러졌어요, 뇌졸중으로."

정은의 목소리가 갑자기 차갑게 변했다.

"의사가 말하더라고요, 기억을 잃을 수도 있다고. 최근 몇 년간의 기억을 모두. 그 순간 깨달았어요. 이 사람은 끝까지 자기 밖에 모르는구나."

정은이 주먹을 꽉 쥐며 떨었다.

"남편마저 찬희를 잊는다면 이 세상에서 찬희를 기억하는 건 나뿐이에요. 그럼 모든 게 끝나는 거잖아요. 다 사라지는 거예요. 찬희가 살았다는 증거도, 한때 우리가 행복했던 시간도. 찬희는 그냥 내 상상 속에만 존재하는, 없던 아이가 되는 거예요. 그런데 그 사람은 보험까지 해지했어요. 찬희 이름으로 된 마지막 서류를, 내가 찬희 엄마라는 증명을…… 우리가 한때 가족이었다는 흔적을."

정은의 눈에서 뜨거운 눈물이 흘렀다. 그러나 표정은 시릴 만큼 차가웠다.

11월 14일 늦은 저녁, 정은은 마지막 기대를 품고 병원을 찾았다. 정성 들여 만든 미니어처를 들고.

그것을 탁자에 놓고 정은은 상훈의 고개를 돌렸다. 박상훈의 숨소리가 거칠어졌다. 상훈이 미니어처를 바라보았다. 공룡을 좋아했던 찬희의 방을.

"우리 찬희 기억해?"

정은이 떨리는 목소리로 물었다. 상훈은 멍한 표정을 짓다가 미니어처를 바라보더니 희미하게 웃으며 힘없는 목소리로 띄엄띄엄 말했다.

"재인아…… 고마워. 이렇게 예쁜 걸…… 가져와서. 우리도…… 아이가 생기면…… 이런 방을 만들어…… 주자."

그 순간 정은의 심장이 얼어붙었다. 정은은 간신히 목소리를 냈다.

"아이……? 우리 아들 찬희는?"

"찬희? 아, 우리 찬희……. 맞다. 우리 찬희가 있었지……."

미니어처 구석에 공룡 슬리퍼 한 켤레가 놓여 있었다. 정은이 손가락으로 미니어처 속 슬리퍼를 가리키며 마지막으로 물었다.

"그럼 이 슬리퍼는? 공룡 슬리퍼 기억나?"

그날 찬희는 무척 아끼는 공룡 슬리퍼를 신고 있었다. 평평하고 납작한 바닥에 얇은 끈 두 줄만 달려 있는 슬리퍼는 슬리퍼라기보다 조리라고 부르는 게 나았다. 장난감이나 굿즈처럼 보이기도 했다. 슬리퍼 바닥이 미끄러워 자주 넘어졌기에 다른 신을 신으라는 정은과 공룡 슬리퍼를 고집하던 찬희는 그 여름에 종종 실랑이를 벌이곤 했다.

상훈이 아이는 아랑곳없이 통화에 열중하지만 않았다면, 찬희가 엄마를 찾아 홀로 길을 나설 일은 없었을 것이다. 정은이 그날 외출하지만 않았다면, 찬희는 공룡 슬리퍼를 신지 않았을 것이다. 엄마를 찾아 길을 걷다 넘어지지도 않았을 것이다. 정은은 그렇게 생각했다. 상훈은 고개를 옆으로 떨구고 눈물을 흘렸다.

"미안해. 정말…… 미안해. 내가…… 내가, 우리 찬희를 잊다니. 내가 죽일 놈이야."

한 시간쯤 뒤, 정은은 남몰래 다시 병실에 들어갔다. 천장에 고정된 상훈의 눈은 지쳐 보였고 회한이 가득했다.

정은은 핀셋으로 미니어처에서 공룡 슬리퍼 한 짝을 꺼내 주머니에 넣었다. 그 신은 미끄러워서 위험했다. 이번에는 가져온 미니어처 운동화를 꺼내 한 짝을 먼저 슬리퍼 옆에 가만히 놓았다. 남은 공룡 슬리퍼 한 짝을 마저 꺼내려던 정은이 멈칫했다. 찬희가 좋아하던 걸 빼도 될까, 망설여졌다. 결국, 정은은 슬리퍼와 운동화를 한 짝씩 놓았다.

정은이 천천히 파란 의료용 장갑을 꼈다. 그리고 데스크에서 몰래 집어 온 병원용 가위를 집어 들었다. 상훈의 눈이 정은의 움직임을 따라 움직였다.

"아빠가 지켜 줬어야지. 그래야 아빠지. 아빠 노릇 못 해 놓고 이제 찬희 기억까지 잃으면 안 되는 거 아냐?"

정은이 가위를 집어 들었다.

"그러면 찬희가 너무 외롭잖아. 못난 엄마 아빠 만난 찬희가 너무 불쌍하잖아. 당신이 죽일 놈이라고? 그래, 그 말이 맞는 것 같네. 쓸모없는 육신 따위는 벗어 버리고, 저세상에 가서 찬희를 지켜."

정은의 말에 상훈이 가만히 눈을 감았다. 정은은 높이 쳐든 가위를 상훈의 목에 내리꽂았다. 가위가 목에 닿는 순간까지도 상훈은 저항하지 않았다. 이것이 그가 찬희에게, 그리고 정은에게 할 수 있는 마지막 사과라는 듯이. 꾹 눌러 담은 듯한 상훈의 신음과 함께 하얀 시트 위로 울컥 피가 뿜었다.

가위를 떨어뜨리고 정은이 박상훈을 마지막으로 바라봤다. 더는 증오도, 분노도 보이지 않는 눈으로. 그리고 조용히 미니어처의 투명 아크릴 뚜껑을 닫았다. 정은이 돌아가려던 과거도 함께 닫혔다. 병실에는 시체와 미니어처만이 남았다. 투명한 케이스 속에서 아빠와 아이 인형 그리고 짝이 맞지 않는 한 켤레의 신발이 조용히 누워 있었다.

"아이에게는 부모가 필요하잖아요. 비록 못난 부모일지라도요. 그렇지 않나요, 형사님?"

도진은 대답하지 않았다. 무슨 말을 해야 할지 몰랐다. 못난 부모는 사라져 주는 게 아이에게는 더 나을지도 모른다고, 자신은 그런 생각으로 현지와 현지 엄마를 보냈다고 말하려다 그만두었다. 도진을 빤히 바라보던 정은이 몸을 일으켰다.

"저, 형사님. 잠시만요. 화장실 좀."

"그러시죠."

그런데 잠시 후, 가까운 곳과 먼 곳에서 비명과 소란이 뒤엉켰다. 도진은 본능적으로 뭔가 잘못됐다는 걸 느끼며 자리에서 벌떡 일어났다. 도우미가 주저앉은 채 두 손을 벌벌 떨며 말했다.

"지우 엄마가…… 갑자기 찬희야, 라고 소리치더니 창밖으로 몸을 던졌어요."

도우미의 비명에 도진은 불현듯 깨달았다. 상훈이 찬희의 죽음 자체를 잊어 가고 있었다는 것은 상훈의 죄책감도, 후회도, 아픔도 함께 사라지는 것이었고, 정은은 혼자 그 고통을 짊어져야 하는 게 너무나 두려웠을 거란 걸. 그러하기에 리셋이 불가능하단 걸 깨닫게 된 정은이 떠난 아이의 이름을 한 번 크게 부르고 그 이름이 공기 중에 사라지기 전 아이를 만나러 떠났다는 것을.

그때 작은 방문이 열렸다. 그리고 지우가 낮잠에서 깬 듯 눈을 비비며 천천히 방을 나왔다.

"엄마? 어딨어?"

어지럽게 고개를 갸웃거리며 정은을 찾는 지우를 도진은 차마 똑바로 볼 수 없었다. 모든 것이 찢어질 듯 아팠다. 조금 전까지의 지우의 세상과 완전히 달라진 현실이 같은 시공간에 존재한다는 것을 받아들이기 어려웠다. 마치 정은의 미니어처 속 완벽한 세계와 잔혹한 현실 사이의 경계가 무너져 내린 듯이.

도진이 현관문을 열고 1층 화단 쪽으로 달려갔다. 엘리베이터를 탈 새도 없었다. 영원처럼 느껴지는 계단을 달려 내려가며 도진은 현지가 서 있던 그 높은 곳의 난간을 떠올렸다.

겨울비에 젖은 아파트 정원, 앙상한 나무 아래에 긴 머리카락이 흐트러진 여자가 바닥에 누워 있었다. 구급차의 사이렌 소리가 멀리서 아득히 들려왔다.

도진의 시선이 아직 미세하게 숨을 쉬고 있는 듯한 정은의 가슴팍으로 옮겨졌다. 정은은 가녀린 팔로 무언가를 꼭 끌어안고 있었다. 찬희의 공룡 슬리퍼 한 짝, 뽀얗게 닳은 밑창, 휘어진 고무끈, 닳아 벗겨진 공룡 무늬. 그 작은 신발을 끝내 껴안고 있었다. 잃어버린 아이의 손을 다신 놓지 않겠다는 듯이.

정은은 곧 영원한 낮잠에 빠졌다.

작가의 말

　인생의 봄날이 언제였냐고 누가 묻는다면, 아마도 아이들이 어렸을 때 함께 놀다 낮잠 들곤 하던 시절이라고 대답할 듯하다. 어느덧 아득해진 그때가, 지나고 보니 참 행복한 시절이었다. 나만을 온전히 의지하는 예쁜 아이들과 투명한 돔 안에 들어간 듯 온전히 서로 사랑하던 나날이 종종 그립다.
　뉴스에서 아이가 희생된 사건을 접할 때가 있다. 그런 소식을 들을 때면 어떤 뉴스보다 마음이 아프다. 여기서 언급하지는 않겠지만, 지금도 잊히지 않는 뉴스에 한동안 괴로웠던 적이 있다.
　아이를 잃은 부모의 마음을 어떻게 글로 표현할 수 있을까. 이 소설을 쓰며 고민했던 지점이다. 정은이라는 인물을 통해 상실의 고통이 어떻게 한 인간을 무너뜨리고 뒤틀어 놓는지, 그리고 그 절망 속에서 어떤 광기가 싹트는지를 감히 그려 보고 싶었다.
　미니어처는 정은에게 과거로 돌아가는 통로였다. 작고 완벽한 세계 속에서 그는 잃어버린 아이와 다시 만날 수 있고, 시간을 되돌릴 수 있다고 믿었다. 하지만 아무리 정교한 재현도 죽은 아이를 살려 낼 수는 없다. '리셋'은 불가능하다는 그 절망적 깨달음이 정은을 살인으로 이끌었다.
　정은의 이야기는 물론 극단적이지만, 그 안에는 누구나 한 번쯤 경험하는 '만약에'라는 가정이 담겨 있다. 돌이킬 수 없는 순간에 대한 후회, 다시 되돌리고 싶은 시간에 대한 간절함. 이런 보편적 감정이 극한 상황에서 어떻게 파괴적으로 변화하는지 보여 주고 싶었다.
　짝이 맞지 않는 신발 한 켤레가 상징하는 것처럼, 어긋나 버린 삶은 원래대로 돌이키기 어렵다. 그럼에도 불구하고 우리는 살아가고 견뎌 낸다. 그것이 비록 아름답거나 이상적이지 않더라도.

- 소향 -

장막의 자매들

신조하

2022년 『기억을 할인가에 판매합니다』에 실린 『인간의 대리인』이 2022 SF어워드 중단편 우수상을 수상하면서 작가 활동을 시작했다. 이후 웹진 거울에 『소프라노 죽이기』가 최우수 단편으로 선정되었고, 2024년 『무뇌 변호사』 장편을 출간했다. 언젠가 스페이스 오페라와 오컬트 활극을 쓰는 것을 꿈꾼다.

1.

혜진은 간절히 속죄가 필요했다.

그래서 간절히 자매 장막에 들어가고 싶었다.

장막은 신성한 곳이다. 장막을 생각할 때면 혜진은 마치 구름 위에 있는 예루살렘의 거룩한 성전의 세례를 한 몸으로 받는 듯한 몽롱한 기분을 느꼈다. 선택받은 고결한 자매들만이 장막에 거할 수 있다. '선택받은 고결한 자매' 그 단어가 혜진의 가슴을 채웠다. 한 음절 한 음절이 천상의 종소리처럼 들렸다. 혜진은 순결해지고 싶었다. 깨끗하고 고아하고 티 하나 없는 고결한 존재로 사는 것이 그녀의 목표였다.

"깨끗해지고 싶어서요."

어떻게 교회에 자기 발로 찾아왔느냐는 질문을 받을 때마다 혜진은 이렇게 대답했다. 혜진은 자신을 깨끗하게 해 줄 교회를 찾아 떠돌아다녔다. 꼭 마음에 차는 교회를 찾는 것은 쉬운 일이 아니었다. 거룩한, 신성한, 순결한, 흠 없는, 티 없는 자. 그런 자만을 사랑하는 위대한 종교. 그 오랜 옛날 사막 부족민들의 신은 자신에게 바쳐질 제물로 오로지 흠 없는 정한 숫양을 요구했다고 한다. 어떤 얼룩도 점도 없는, 흉하고 일그러진 부분이 전혀 없는 그런 아름답고 눈부신 번제물만이 신을 만족시킬 수 있었다. 혜진은 그 이야기가 사무치게 좋았다. 신 역시 아름답고 깨끗한 것을 좋아한다는 이야기가. 하지만 자신들의 말씀에 걸맞은 교회는 순결한 한 사람을 찾는 것처럼 어려웠다.

혜진은 언제나 아름다웠다. 흰 피부, 늘씬한 팔다리, 건강한 머릿결. 그에 반해 그녀의 어머니는 항상 푸석푸석했다. 혜진의 기억에 자신의 어머니는 그야말로 마른 푸성귀 같은 사람이었는데, 하루가 멀다 하고 절을 다니며 푸성귀 가득한 절밥을 해서 중들에게 가져다 바쳤다. 살생을 하면 안 된다고 하여 채소와 과

일만을 먹었다. 혜진은 사람이 단백질 섭취를 극단적으로 제한하면 사람의 피부가 검어진다는 것을 그녀를 통해 알게 되었다.

어머니는 새벽 3시 반이면 자리를 털고 일어나 밥을 대충 해 놓고 펑퍼짐한 회색빛 바지를 입고 절에 갈 채비를 했다. 그녀는 혜진 엄마, 보다는 보살님, 이라는 호칭을 더욱 사랑했다. 절에서 보살로서 사는 그녀는 각질이 일어난 얼굴과 파리한 입술에도 불구하고 더없이 빛났다. 그 빛은 혜진과 아버지가 있는 집에 오면 바로 꺼졌다. 어머니는 늘 자신의 보시와 공양으로 다음 생에는 다르게 살 수 있다고 입버릇처럼 말했다.

"내세에는 내도 사모님 소리 좀 들어 보고 살자."

그게 그녀의 입버릇이었다. 아버지에게 보쌈을 당해 이렇게 살게 된 것도 자신의 전생의 업 때문이라고 했다.

"내가 전생에 무엇을 해쳤는지는 모르겠지만 어지간히도 곱고 어여쁜 걸 때려죽였나 보제. 팔자도 이렇게 더럽다."

그녀는 한탄했다. 나라라도 팔아먹었나, 밤새 이어지는 울음 섞인 한탄은 늘 남편이 깨부수는 세간살이를 치우는 것으로 끝났다. 보쌈이 뭔지 혜진은 훨씬 더 커서 알게 되었지만, 어쨌든 당신의 화와 분을 불경으로도 견디지 못할 때면 자신을 매질하는 어머니를 볼 때 자신은 곱고 어여쁜 것이 아니라는 걸 알았다.

장막의 자매들 99

그래서 혜진은 교회를 찾아다녔다. 유치원 때 친구의 초청으로 얼결에 간 교회에서 크리스마스 파티라는 것이 열리는 것을 보았다. 그날 내내 혜진의 큰 눈이 더욱 커진 채 작아질 줄을 몰랐다. 이렇게 반짝이고 아름다운 세상이 있었구나! 그 전까지는 엄마가 여기저기 걸어 놓고 아무렇게나 쌓아 둔 말린 시래기나 푸성귀와 회색과 바랜 갈색이 가득한 옷으로 가득한 작은 투 룸이 그녀의 세상이었다.

혜진은 초록빛 페인트를 가득 머금은 인공 크리스마스트리의 매끈한 색색의 둥근 장식품을 한 시간 동안 황홀경에 빠져 구경했다. 크리스마스 전구의 빛이 장식품에 반사되어 둥근 장식은 마치 동그란 황금의 보석 같았다. 높은 천장에서 빛나는 조명, 벽에 달린 십자가 뒤에서도 심지어 빛이 났다. 목사님과 전도사님들은 반질반질 윤이 나는 양복과 넥타이를 하고 있었다. 아이들은 반짝이는 붉은색과 초록색으로 감싸인 선물을 모두 받았다. 포장지를 한데 묶은 끈조차 황금색으로 번들거렸다.

혜진은 아무도 모르게 트리에 달린 황금 구를 주머니에 넣고 집에 왔다. 한 아름 들린 선물과 함께. 그리고 그녀의 어머니는 교회에서 혜진이 가져온 모든 것들을 발로 자근자근 밟은 후에 마당에서 불로 태웠다. 이 동네 사람들은 콘크리트 바닥에 뭐든 태우곤 했는데 구청에서 나와 경고를 해도 그들은 개의치 않았다. 혜진은 아까워서 포장지를 풀지도 못했던 그 선물이 색연필이라는 것을 불 사이에서 부러진 조각들을 통해 알았다. 플라스틱은 이제까지 엄마가 태우던 나물이나 음식물 쓰레기 따위들과는 달리 독한 냄새를 풍겼다. 바스러진 장식품 구의 일부가 날카롭게 조각난 채 바닥에 흩어져 있었다.

혜진이 작은 손으로 남은 조각들을 쥐다가 손에 상처가 나 피가 흘렀다. 그녀의 엄마는 혜진이 교회에 가려고 몰래 집을 빠져나가려 할 때마다 '나무아미타불'을 외면서 구타하며 그녀를 산 위의 절까지 끌고 갔기 때문에 혜진은 다시는 교회에 갈 생각을 감히 하지 못했다.

어머니는 혜진이 초등학교 5학년이 되던 어느 날, 비구니가 되었다며 영영 떠나갔다. 평생 어머니를 구타하던 그녀의 아버지 역시 혜진이 중학생이 된 어느 날 오토바이 사고로 사망했다. 드디어 혜진은 교회에 갈 수 있었다. 하지만 어느 교회를 가도 그녀가 교회에서 처음 느낀 황홀경을 느낄 수가 없었다. 그녀는 서울에 존재하는 유명 교회란 교회는 다 찾아다녔다. 작은 교회 대형 교회 가리지 않았다. 그러나 마음에 차는 곳은 없었다. 그리고 그녀가 대학생이 되었을 때 드디어 자신의 마음에 쏙 드는 교회를 찾았다.

자신이 다니는 명문대의 뒷문 근처에 세워진 아담한 3층짜리 교회. 부유하지만 천박하지 않은 지성인들이 성도들로 있는 곳이라고 했다. '목양교회'라는 작은 금박 글씨가 이곳이 교회라는 사실을 알려 주었지만 여느 교회와 같이 거대한 붉은 십자가도, 굵고 눈에 띄는 명판도 존재하지 않았다. 하지만 교회 건물은 모두 최고급 마감재로 지어져 있었다. 혜진은 그 점이 마음에 들었다.

교회는 아름답고 젊고 영특한 혜진을 두 팔 벌려 환영했다. 그녀가 세 달간의 성경 공부를 모두 마치고 정식 등록 성도가 되는 날, 교회 모든 이들이 그녀를 향해 그야말로 두 팔을 벌리며 '당신은 사랑받기 위해 태어난 사람'이라는 노래를 불러 주었다. 혜진은 눈물을 흘렸다. 드디어 그녀는 자신이 있을 곳을 찾은 것이다.

목양교회의 특징은 돈이 많다는 것이었다. 부유하고 사회적 지위가 어느 정도 있는 성도들이 유난히 많았지만 그런 것치고도 돈이 유난히 많았다. 두 번째 특징은 신자들을 모집하지 않는다는 것이었다. 혜진이 처음 교회를 찾았을 때도 다른 교회들과 달리 무조건적으로 그녀를 환대하지 않았다. 마치 그녀를 시험하듯이 여러 과제를 내주었고 그녀에 대한 모든 것을 확인했다. 교회는 그녀가 어느 학교를 다니는지, 부모님은 무엇을 하시는지, 교우 관계는 어떻게 되는지, 신체 사이즈와 건강 상태까지 일일이 검사했다. 성경 공부를 마친 후에는 금식 훈련이 있었다. 금식 훈련이 끝나면 철야 기도와 새벽 기도 훈련이 있었다.

"목자 훈련이에요. 우리 교회는 양이 아닌, 목자를 키우는 곳입니다. 양들은 헤매지만, 우리는 더 이상 헤매지 않는 이들이거든요."

그녀의 훈련을 도와주는 여성 성도가 말했다. 혜진은 고개를 끄덕였다. 그녀 역시 더 이상의 방황은 사절이었다. 부모도 없이 부평초마냥 떠도는 인생. 20대 초반의 여자에게 그게 얼마나 큰 약점인지 혜진은 잘 알고도 남았다. 그녀의 자취방에 술 취한 척 찾아오겠다는 남자 선배들과 동기들의 전화가 일주일에 세 번 이상은 왔다. 거대한 지지대가 필요했다. 좋은 집안에서 태어나지 못했다면 부모보다 더 강력한 존재를 찾는 수밖에. 이미 대학교 3학년이었지만 그녀는 휴학계를 내고 교회 훈련에 온 힘을 다했다. 그들이 시키는 것은 무엇이든, 어떤 것이든 했다.

"우리는 목자입니다. 양들을 올바른 길로 인도하는 목자. 혜진 자매가 저희 교회에 인도된 것도 결국 하나님의 뜻이겠지요. 부정하고 타락한 양들을 올바른 길로 인도하도록 목자로 부르신 하나님의 은혜요."

엄격했던 목자들의 태도는 일단 혜진이 모든 훈련 과정을 통과하여 성도가 되자 그야말로 입에서 녹는 하나님의 만나처럼 변했다. 그들은 새로운 교인인 혜진을 위한 특혜를 아낌없이 베풀었다. 교회 목자들은 병원장인 성도가 운영하는 병원을 무료로 이용할 수 있었다. 호텔을 소유한 성도가 운영하는 호텔을 헐값으로 이용할 수 있었고, 유통 회사를 소유한 장로님의 마음 씀씀이 덕분에 철마다 브랜드 의류들을 푼돈에 살 수 있었다. 교회는 각종 기부도 많이 했으며 강남 상류층 아이들만 다니는, 영어로 수업을 진행하는 대안학교도 운영하고 있었다. 이들은 아이들을 해외 아이비리그로, 싱가포르로 보냈다. 미국과 싱가포르에 있는 목양교회 지부 '선교사'들은 쓸 만한 대학생 교인들을 초청해 대학원에 진학시켰다.

 목양교회의 목자들과 성도들은 모두 반질반질하게 빛났다. 좋은 음식과 좋은 옷, 교양이 넘치는 음악과 설교로 자신의 신자들의 낡고 거친 부분들을 거듭 또 거듭 사포질해 매끈한 구로 만들었다. 혜진뿐만이 아니라 일단 교인이 된 이들은 이전의 모습이 모두 깎여 나가 찾을 수 없었다.

 "교회가 아니라 악마랑 계약한 느낌이에요."

 조이라고 불리던 자매가 유학을 떠나기 전에 혜진에게 웃으며 한 농담이었다. 조이 자매는 혜진이 다니던 학교의 무용과 학생으로 갑자기 집안이 어려워져 학업을 중단할 위기에 처해 있었는데 우연히 목양교회에 인도되었고, 교회의 장학금과 주선으로 뉴욕으로 유학을 떠났다.

"우리 교회 예배 방식이나 의식이 통상적이진 않지만, 제 인생을 바꿔 준걸요. 이 정도면 남는 장사라고 생각해요."

남는 장사라니. 혜진은 조이 자매를 경멸했다. 그녀는 목양교회의 본질을 전혀 알지 못했다. 목양교회의 본질은 정결함이다. 속죄를 통해 영혼의 깨끗함을 덧입고 거듭나는 것. 새롭고 흠 없는 새 사람으로 거듭나는 것. 그것을 이해하지 못하고 자신의 유학 따위와 교환해야 할 하찮은 대가로 생각하다니.

"전 유학이나 직업은 상관없어요."

혜진이 자신이 의도한 것보다 조금 더 차갑게 대답했다.

"그럼 의사 남편?"

조이 자매가 장난스럽게 웃었다.

"아뇨."

혜진은 조이 자매와 달랐다. 그녀는 유학이나 직업, 남편 따위를 원하지 않았다.

"전 죽고 싶어요. 전 죄인이거든요."

"네?"

"하지만, 정말 죽기는 싫어요. 그러니까……."

혜진은 더 이상의 설명을 생략했다. 조이 자매는 영원히 이해하지 못할 것이다. 혜진이 왜 목사가 강조하는 거룩함과 정결함의 교리를 들을 때마다 눈물을 흘리는지. 왜 교회의 속죄 의식에 참여할 때마다 한 시간씩 통곡하는지. 혜진은 간절히 죽고 싶었다. 하지만 죽은 채로 있고 싶지도 않았다. 그녀는 다시 살고 싶었다. 마치 무덤에서 썩어 가다가 다시 살아난 나사로처럼, 열병에 걸려 죽었다 살아난 한 소녀처럼, 관에 실려 가던 한 어머니의 아들처럼. 그리고 십자가에서 죽었다 사흘 만에 살아난 신처럼.

자신의 어머니는 내세까지 기다릴 요량이었지만 혜진은 그러고 싶지 않았다. 그녀처럼 구겨진 옷을 입고 주름진 검은 피부로 구부러진 어깨를 하다가 산길 돌계단에 넘어지는 그런 삶이 아니라 당장 이 교회의 매끄럽고 흰 이태리산 대리석 바닥 위를 당당하게 걷는, 그런 사람이 되고 싶었다.

아직도 가끔은 자신의 몸에서 푸석한 시래기나물의 쉰 냄새가 올라올 때가 있다. 자신의 원룸에 딥티크 방향제 네 개를 모서리마다 가져다 놓아도 가끔은 어머니의 법복에서 나던 매캐하고 은근한 향 냄새가 어디선가 나는 것 같아 혜진은 히스테리컬하게 향수를 방에 뿌려 대곤 했다. 혜진이 사는 좁은 원룸의 주인은 혜진의 방문을 허락도 없이 벌컥 열어젖히곤 했는데, 그럴 때마다 그는 방에서 풍기는 향수 냄새에 질색하며 잔소리를 해 댔다. 혜진이 초조할수록 그녀의 신앙 생활은 더욱 치열해졌다. 새벽 기도와 수요 예배, 성경 공부, 금요 철야 예배와 1년에 두 번 있는 번제와 속죄제 참석. 점점 교회의 성도들은 그녀를 인정하기 시작했다. 혜진이 딱 한 가지만 더 바랄 게 있다면 '장막'에 들어가는 것이었다.

장막은 간단히 말하면 목양교회가 운영하는 숙소였다. 대학교 근처의 고급 오피스텔 단지에 위치한 숙소. 목양교회는 거실과 방이 세 개인 널찍한 36평짜리 고급 오피스텔을 수 채 보유하고 있었는데, 이곳을 관리하고 교회에 봉사하는 조건으로 자매들 여섯 명을 선발하여 생활비를 주며 거주하게 해 주고 있었다. 장막의 자매들에게 주어지는 품위유지비와 생활비는 대기업 경력직의 그것보다 높았다.

이곳에 거주한다는 것은 최고급 오피스텔에 억대의 연봉을 받으며 살 수 있다는 것 이상의 의미가 있었다. 장막에 사는 자매라는 것은 바로 이들이 어떤 성도들보다도 구별된, 그러니까 뛰어난 목자들이라는 의미였다. 목양교회가 원하는 신실한 신자로서, 사명인으로서, 그리고 성경의 기준에 부합하는 여성으로서 합격했다는 의미였다. 장막에 거주하는 자매들은 아예 '목자'라는 호칭을 얻었는데 그 소수의 여성들은 교회에서 공식적으로 목자라고 불리었다. 그들은 교회에서 가장 중요한 역할을 하는 만큼 아무도 그들을 함부로 대하지 못했다.

반면에 형제 장막도 어딘가 있다고 들었는데, 그곳에는 누가 지내는지 알 수 없었다. 형제 장막에 거하는 이들은 그닥 중요한 존재들이 아니라고 짐작할 뿐이었는데, 형제 장막에서 거하는 이들은 교회가 가장 중요시하는 행사에서 아무런 역할을 하지 않았기 때문이다. 오로지 장막의 자매들, 그러니까 목자들만이 양들을 인도하는 가장 큰 행사, 목양교회의 속죄제와 번제를 주관했다.

"둘째 장막은 대제사장이 홀로 1년에 한 번 들어가되 자기와 백성의 허물을 위하여 드리는 피 없이는 아니 하나니, 모세는 장막에 피를 뿌려 하나님과 언약을 세우셨습니다."

혜진은 목사의 설교를 생생하게 기억했다.

"오로지 장막에 뿌린 피를 통해 인간은 속죄를 받는 것입니다."

모두가 아멘 하며 고개를 끄덕였다. 혜진 역시 이해했다. 그래서 장막의 자매들, 그러니까 목자들은 약속을 받은 유일한 성도들이구나, 하고. 장막은 제단이었고 장막에 피를 뿌릴 수 있는 것은 오로지 구별된 이들뿐이었다. 그래서 장막 자매들이 그토록 교회에서 높은 지위인 것이었다. 그들만이 흠 없는 어린 양의 피를 제단에 뿌릴 수 있는 자격이 있었다. 장막에 들어가기만 한다면, 자신은 깨끗하다는 증거를 받는 것이나 다름없다. 모든 죄와 모든 과거로부터 깨끗함을 받고 새로운 사람이 되는 것. 기독교의 성경이 말하는 정확한 그 교리와 일치했다.

혜진은 장막의 자매들과 완벽하게 동화된 삶을 살기 위해 더욱 애썼다. 장막 근처에 원룸을 새로 얻었다. 매일 새벽 4시에 일어나 그들의 오피스텔이 언제 불이 켜지는지 살폈다. 그들이 가는 곳, 보는 것, 사는 것, 이야기하는 것을 깊이 마음에 새겼다.

"요즘에는 정결한 양을 찾는 게 쉽지가 않아."

장막 자매 중 유기쁨 목자가 지나가며 속삭이는 것을 듣고 혜진은 그 말을 마음에 간직해 두었다. 언젠가 그들을 위해 정결한 양을 찾겠다고 다짐했다.

혜진의 어머니는 언제나 자신에게 더러운 년, 이라고 짓씹듯이 저주를 퍼부었다. 아버지도 자신을 창녀라고 불렀다. 언젠가 놀러 온 사촌 오빠 역시 그녀에게 아무에게나 다리를 벌리는 더러운 년, 이라고 킬킬대며 웃었다. 혜진은 아니라고 악다구니를 썼으나 그녀 스스로도 잘 알고 있었다. 자신의 부인은 아무런 입증이 되지 못한다는 걸. 제삼자의, 교회의, 그리고 신의 공증이 필요했다. 자신에게 정결하고 깨끗한 여자라고 낙인을 찍어 줄 확실한 그 무엇인가가 필요했다. 그 이상 그녀에게 중요한 것은 없었다.

목양교회에서 배운 교리에 따르면 그녀의 어머니도, 아버지도, 사촌 오빠도 자신을 더럽게 여기던 모두가 지옥에서 불탈 것이다. 그러므로 반드시 목양교회의 교리는 진실이어야 했다. 혜진은 아버지에게 얻어맞고 자신에게 화풀이하던 어머니가, 혜진의 눈앞에서 어머니를 강간하던 아버지가, 자신의 팬티를 억지로 내리려고 하던 사촌 오빠가 영원한 유황불 속에서 고통받고 또 받기를 염원했다. 그러므로 자신이 장막에 들어가기만 한다면, 장막에서 정결하고 거룩한 구별된 여인이라고 인정받을 수만 있다면 그녀는 기꺼이 목에 칼을 찔러 넣고 온몸을 불사를 준비가 되어 있었다.

자매 장막은 정원이 엄격하게 제한되어 있었다. 여섯 명, 즉 교회에서 가장 신실하고 헌신적이며 철저하게 규율대로 사는 자매들. 열방의 어미들, 이라고 목사님은 그들을 지칭했다. 그는 입버릇처럼 말하곤 했다. '세상의 자매가 아닌 열방의 어미로 살아야 한다'고. 그리고 그것은 자매들이 외는 하나의 만트라였다. 모든 자매들은 여자가 아닌 어미가 되어야 한다. 여러 남자들과 잠자리를 하고 스스로를 치장하며 커리어에 중독된 세상의 자매들과 구별된, 돌보고 섬기고 헌신하는 존재.

혜진은 그 표현을 듣는 순간 소름이 돋았다. 그래, 혜진은 그의 가족들이 부르는 것처럼 더러운 존재가 아니었다. 그녀는 그저 구별된 것일 뿐이었다.

2.

자매 장막의 장막장(長)은 유기쁨 목자였다. 목양교회에는 가짜 이름을 사용하는 이들이 적지 않고 유기쁨도 그중에 한 명이었는데, 그녀의 주민등록상 이름이 무엇인지 혜진은 알지 못했다. 아니, 이 교회 성도들의 이름 태반을 그녀는 알지 못했다. 장막 자매들은 특히 모두 교회 이름을 쓰고 있다. 유기쁨, 최한나, 조은혜, 김예서 그리고 김마리아. 혜진이 자신의 이름을 개명하고 싶은 이유 중 하나였다. 혜진은 자신의 교회 이름으로 다니엘라, 리브가, 에스더 따위를 떠올렸지만 그 무엇도 적당하다고 생각되는 이름이 없어 고민했다.

다섯 명의 장막 자매들은 교회에서 이름만큼이나 고요한 권위의 상징이었다. 목양교회의 담임목사 한다윗은 그녀들에게 항상 정중했다. 교회 화장실 청소, 주말 식사, 선교사님들의 뒷바라지, 아이들 돌봄 등등 그들의 손길이 닿지 않는 곳은 없고 누군가 교회에서 무엇이 필요하거나 섬김이 요구되는 일에는 항상 그들의 이름이 불렸다. 혜진은 곁눈질로 그들을 관찰하며 장막 자매들의 일거수일투족을 닮으려 애썼다.

장막 자매들은 귀밑 3센티미터 정도의 단발머리, 무릎 밑까지 오는 스커트, 흰색 또는 파스텔 톤의 블라우스를 입고 굽이 낮은 구두를 신고 조용조용 걸어 다녔다. 그들의 목소리는 결코 크지 않았으나 존재감은 언제나 확실했다. 피부는 언제나 각질 하나 없이 깨끗하고 촉촉했으며 눈동자는 반짝였다. 눈썹은 항상 가지런히 정돈되어 있었으며 입술은 붉고 매끈했다. 그들은 결코 백팩을 메는 일이 없었으며 운동화 따위는 쳐다보지도 않았다.

장막 자매 한 명이 길을 걷고 있으면 꼭 한 명씩 번호를 물어보는 형제들이 있었으나 그들이 함께 걸어갈 때면 알 수 없는 카리스마와 위압감으로 인해 모두가 길을 비켜 주었다. 그들은 거대한 교회라는 촉수 200개 달린 끈적거리는 괴물을 빈틈없이 관리하고 조련하는 괴물 조련사 같기도 했다.

한다윗 목사의 사모 이소망은 자매 장막을 총괄했다. 그녀는 가끔 장막을 갑작스럽게 방문하여 청소 상태를 점검하거나 그들이 새벽 기도에 모두 빠짐없이 참석했는지, 성도들을 위한 간식에 곰팡이가 피지는 않았는지, 세상의 오염된 콘텐츠 따위를 시청하는지 여부를 점검하곤 했는데, 대부분의 경우 별탈 없이 지나갔지만 아주 드물게 장막에 놓인 아이패드에 넷플릭스가 깔려 있다는 이유나 화장대 서랍에서 귀걸이나 립스틱 따위가 발견되었다는 이유로 그들에게 밤샘 기도와 성경 필사를 종용하곤 했다.

하지만 그럼에도 장막의 자매들은 이소망 사모에게 위축되지 않았다. 사모가 강요하는 성경 필사 지시를 따른 적도 없었다. 항상 그들의 태도는 당당했으며 한다윗 목사조차도 그들을 훈계하거나 함부로 대하지 못했다.

그중에서도 유기쁨 목자는 장막장을 하기 위해 태어난 자매 같았다. 그녀는 왕년에 재벌린 국가대표 선수였다고 한다. 체구가 크지는 않지만 근육이 탄탄했고 부상으로 더 이상의 선수 활동을 하지 못하고 오로지 교회를 섬기는 일에 헌신하고 있다고 했다.

최한나 목자는 2세, 즉 교회 원로들의 딸이었다. 최한나는 기독교미술을 전공으로 선택해 조소를 곧잘 했다. 교회와 성전(목사님의 처소)에서 마주하는 멋진 대리석 석상들 중 상당수가 그녀의 작품이었다. 혜진이 보기에도 최한나는 재능이 있는 예술가였다. 하지만 그녀의 부모와 목사님은 그녀가 유학을 가는 것을 반대했다. 세상의 학문에 힘과 마음을 써서는 안 된다는 것이 논리였다. 그녀는 지도 교수의 간곡한 조언에도 불구하고 졸업 작품을 끝내 제출하지 않았다.

조은혜 목자는 파티시에였다고 한다. 조은혜는 유기쁨과 대조적으로 조그마한 체구와 하얀 피부, 오밀조밀한 이목구비로 짧은 단발머리와 금테 안경에도 지나가는 사람의 이목을 끄는 외모를 가지고 있다. 혜진은 그녀의 흰 피부를 보며 몇 번이나 부러움에 마른침을 삼킨 적이 있다. 장막에서 조은혜는 그야말로 모든 요리를 다 해냈다. 큰 솥에서 매주 카레와 짜장밥, 곰국 등을 만들어 200명이나 되는 이들을 먹였고, 때마다 장로와 원로들의 부탁으로 그들의 간식과 선물용 케이크, 초콜릿, 마카롱을 구워 내었다. 덕분에 그녀의 얼굴과는 대조적으로 조은혜의 손과 팔은 화상 흉터로 가득했다.

김예서 목자는 목양교회 근처 여대의 교직원으로 말수가 적고 성경만 읽는다. 살집이 조금 있지만 13년 전 대학생 신분으로 지역 미인대회 본선까지 진출했을 정도로 화려한 미모를 자랑했다.

　김마리아 목자는 혜진과 같은 대학의 로스쿨생이다. 최근 들어 원로들은 새벽 교회에는 거의 나오지 않고 변호사 시험 공부를 핑계로 심지어 예배를 간헐적으로 빠지는 그녀를 걱정스러운 목소리로 주시하고 있었다. 들리는 소문으로는 한다윗 목사가 김마리아가 변호사 자격증을 따기 전에 생활력은 부족하나 교회 일에 열심인 이요셉 형제와 결혼을 시키려고 했다고 한다.

　그리고 얼마 후에 이요셉 형제는 교회에 영영 나타나지 않았다. 김마리아가 지나치게 매몰차게 그를 거절해 마음의 상처를 받아 교회를 나오지 않는다는 소문도 있었고, 이요셉과 김마리아가 모텔 앞에서 실랑이를 벌이고 있는 모습을 보았다는 한 형제의 말도 있었다. 이요셉이 김마리아를 억지로 모텔로 끌고 가려는 것 같았다는 것이다. 그러나 아무도 그의 말을 믿지 않았다. 어쨌든 이요셉은 교회에 다시는 얼씬도 하지 않았고, 김마리아는 아무렇지도 않은 얼굴로 예배와 모든 교회 프로그램에 참석했다.

　혜진은 이 장막 자매들의 신상과 그들의 이력을 달달 외울 정도가 되었다. 담임 목사와 원로들은 장막에 들어가기에 가장 큰 조건으로 순결함을 들었다. 혜진은 장로 중 하나가 운영하는 산부인과에서 자매들이 정기적으로 검진을 받는다는 것을 알고 있었다. 혜진은 장막에 들어가기 위한 '순결함'이 성관계를 해 본 적이 있는지 따위로 결정될 것이라고 생각하지는 않았다. 지금 시대에 처녀 따위를 따지는 것은 고루한 일이다. 그렇다면 순결함은 무엇으로 결정되는 것일까? 혜진은 고민했다. 장막에는 여섯 명의 자매가 살 수 있다. 지금 한 자리가 남았다.

3.

목양교회에서 절기에 따른 제사는 절대적으로 중요한 행사다. 부활절이니 크리스마스니 떠들썩한 행사들도 있었지만 가장 중요한 것은 1년에 두 번 있는 속죄제와 번제였다.

"거룩과 정결에 닿기 위한 유일한 방법은 번제입니다."

한다윗 목사는 엄숙하게 말하곤 했다. 그야말로 죄를 사함받기 위한 제사, 그것이 속죄제다. 양과 소의 가죽을 벗기고, 각을 뜨고, 기름을 취하고, 내장과 정강이를 물로 씻고, 그 모든 부속물들을 유황불과 같은 뜨거운 불에 불사르는 것, 그것이 번제였다.

"너희 중에 누구든지 여호와께 예물을 드리려거든 생축 중에서 소나 양으로 예물을 드릴지니라. 그 예물이 소의 번제이면 흠 없는 수컷으로 회막 문에서 여호와 앞에 열납하시도록 드릴지니라. 그가 번제물의 머리에 안수할지니 그리하면 열납되어 그를 위하여 속죄가 될 것이라."

혜진은 이 성경 구절을 외우고 또 외웠다.

"그는 여호와 앞에서 그 수송아지를 잡을 것이요…… 피를 가져다가 회막문 앞 단 사면에 뿌릴 것이며…… 그 번제 희생의 가죽을 벗기고 각을 뜰 것이요…… 단 위에 불을 두고 불 위에 나무를 벌여 놓고 ……그 뜬 각과 머리를 단 위 불 위에 있는 나무에 벌여 놓을 것이며 그 내장과 정강이를 물로 씻을 것이요 제사장은 그 전부를 단 위에 불살라 번제를 삼을지니…… 여호와께 향기로운 냄새니라."

피로 제단을 적심을 통해 인간은 온전히 속죄받는다. 혜진은 이 말씀을 처음 들었을 때 느낀 희열을 아직 잊지 못했다. 속죄의 방법이 있었잖아! 평생 바닥이 삐걱거리는 절에서 아궁이 불이나 피우지 않아도 업보를 한 번에 닦을 수 있었다니, 멍청한 엄마 같으니. 그녀는 생각했다. 피는 물보다 강하다. 그녀의 아버지는 말하곤 했다. 그러면서 자신들을 버린 엄마는 피가 섞여 있지 않은 쌍년이기 때문에 너와 내가, 유일한 피가 섞인 너와 내가 하나가 되어 헤쳐 나가는 수밖에 없다. 그가 말하곤 했다. 자신을 더듬고 몸을 만지고 하체를 억지로 들이밀면서 피붙이의 중요성을 역설했다.

"아아……."

혜진은 울었다. 결국에는 아버지의 말이 옳았다. 피는 물보다 강하다. 피는 모든 것을 씻는다. 결국은 피였다. 어머니가 아무리 물로 나물을 씻고 걸레를 물로 빨아 바닥을 훔쳐도 소용이 없었던 것이다.

"……그 머리를 비틀어 끊고 단 위에 불사르고 피는 단 곁에 흘릴 것이며 멱통과 그 더러운 것은 제하여 단 동편 재 버리는 곳에 던지고 또 그 날개 자리에서 그 몸을 찢되 아주 찢지 말고 제사장이 그것을 단 위 불 위의 나무 위에 살라 번제를 삼을지니 이는 화제라 여호와께 향기로운 냄새니라."

한 목사가 한 구절 한 구절 읊을 때마다 혜진의 마음과 영혼은 환희로 가득 찼다. 방법은 있었다. 구원의 방법이! 혜진의 어머니는 인간의 모든 것이 덧없다고 중얼거렸었다. 나무아미타불, 모든 것이 덧없고 덧없고 또 덧없을 뿐이라고. 엄마, 역시 당신이 틀렸어. 의미가 없긴 왜 없어. 가죽 혁대에 팔과 허벅지의 살이 터지는 고통은 실재였고, 아버지가 어머니를 강제로 범할 때마다 그녀가 딸 앞에서 느끼는 수치는 오롯이 현실이었다. 자신이 당할 때 똑바로 쳐다보고 있었다는 이유로 혜진의 얼굴을 발로 짓밟는 엄마 뒤로 엄마가 카세트테이프에 틀어 놓은 불경이 재생되고 있었다. 혜진이 자신의 방에서 아빠에게 당할 때도 불경은 항상 낭랑했다.

옴 아라남 아라다
옴 아라남 아라다
옴 아라남 아라다
중생무변서원도 번뇌무진서원단 법문무량서원학 불도무상서원성
자성중생서원도 자성번뇌서원단 지성번문서원학 자성불도서원성

이 모든 세상이 공이고 그 무엇도 의미가 있지 않다면 왜 혜진은 그 좁은 방에서 푸성귀와 시래기들 사이에서조차 제대로 발 뻗을 공간이 없어 고통스러웠단 말인가. 부처와 석가지존이 자애롭게 염불을 외울지라도 혜진은 깨어진 살림살이를 치우다 손을 베였고 붉은 피가 흘렀다. 엄마가 얻어맞고 난 핏자국을 닦는 것도 그녀의 일이었다. 노란 장판은 어차피 피를 잘 흡수하지도 않

기에 혜진의 어머니는 아버지에 대한 시위의 의미로 며칠 동안 이고 핏자국을 내버려 두었다가 누런 갱지 휴지로 훔치게 했다.

하지만 혜진이 맞고 흘린 피를 보기만 하면 그녀의 엄마는 발작하며 혜진에게 발길질을 해 댔다. 당장 이 더러운 걸 닦으라며. 이제 혜진은 엄마를 이해할 수 있을 것 같았다. 그녀의 어미는 그저 구원의 방법이 있다는 것을 몰랐던 것이다. 혜진은 이제 안다. 의미 없는 주문을 외우며 머리를 삭발하고 산속으로 도망치는 대신 혜진은 자신을 구원할 것이다. 지독한 채식을 해서 말라비틀어졌던 엄마는 어차피 짜낼 피조차 별로 없었을 테니.

혜진은 1월과 10월에 있는 교회의 속죄제와 번제를 간절히 기다렸다. 정식 성도는 번제와 속죄제에 참석할 수 있었다. 번제와 속죄제는 교회가 소유한 강화도의 큰 수양관 지하에서 매우 은밀하게 이루어졌다. 정식 성도만 참여할 수 있기 때문에 실제로 그 의식에 참여하는 이들은 50명이 넘지 않았다.

"속죄제를 처음 경험하는 성도들 중에는 다소 충격을 받는 이들도 있어요."

혜진에게 그 말을 한 것은 최한나 목자였다. 속죄제가 처음인 혜진에게 옷을 입혀 주며 의식을 설명해 주는 최한나는 혜진을 보며 따뜻하게 웃어 주었다.

"저희는 성경을 그대로 따르려고 노력하거든요."

"저는 괜찮아요. 뭐든지 준비되어 있어요."

"혜진 자매님은 여느 자매들과 확실히 다르네요."

"⋯⋯저도 언젠가⋯⋯ 장막에 들어갈 수 있을까요?"

혜진의 질문에 최한나는 다소 놀란 듯했다. 하지만 곧 편안한 표정을 되찾았다.

"그럼요. 오늘 의식을 주관하는 것도 저희 장막 자매들이에요. 제가 조소과 출신이거든요. 그래서 칼을 잘 써서 장막에 들어올 수 있었던 점도 있어요. 혜진 자매님은 저보다 훨씬 훌륭하시니까, 얼마든지 환영이에요. 목사님과 장로님들이 허락하신다면요."

"저도 칼 잘 쓸 수 있어요."

"하하, 꼭 그래야 하는 건 아니에요."

혜진보다 세 살이 어린 최한나는 혜진이 기특한 듯이 웃고 혜진의 옷을 모두 입혀 주었다. 그날에는 모든 신도들이 흰옷을 입는데 남자 여자 할 것 없이 하나로 이어진 천으로 만든 흰 원피스 같은 옷을 입었다. 이는 성도가 운영하는 양장점에서 일괄적으로 맞춤 제작한 것이었다. 속옷과 양말 모두를 벗었다. 지하에 나무로 된 재단이 차려지고 부엌에서 장막 자매들이 제물을 미리 준비하여 내려온다. 그러면 한 목사의 주재로 제의가 시작된다. 기도와 찬송과 함께 제단에서 불이 타오르고 자매들이 제물 부위를 차례차례 타고 있는 나무 위에 올린다. 매캐한 연기가 올라올 때쯤 성도들이 포도주를 서로 성배에 돌려 가며 마셨다.

"감춘 욕망과 더러운 유혹을 불로 태워 주소서."

한 목사가 하늘을 우러러보며 소리쳤다.

"태워 주소서."

성도가 화답한다.

"정결함을 받아 하나님께 올라가게 하소서."

"올라가게 하소서."

"속죄를 통해 주와 교제하게 하소서."

"교제하게 하소서."

모든 성도들이 울며 소리쳤다. 핏물이 가득한 고깃덩어리와 여전히 붉은색 고기들이 덜렁거리는 뼈가 차례로 제단으로 올려졌다. 두 손을 머리 위에 올리고 울부짖는 자, 땅에 엎드려 뒹굴며 통곡하는 자, 주저앉아 가슴을 주먹으로 치며 몸을 앞뒤로 흔들면서 혼절할 듯이 자신의 죄를 고백하며 우는 자들로 성전이 떠나갈 듯했다. 혜진은 처음 보는 광경이었지만 전혀 놀라지 않았다. 오히려 그녀는 온몸을 덮는 황홀경에 바닥에 속절없이 엎드려졌다.

피가 뚝 뚝 떨어지는 고깃덩어리와 뼈, 내장 덩어리들이 통째로 나무 제단으로 올라올 때부터 그녀는 다리가 떨려 제대로 설 수 없었다. 거룩한 제물을 제단으로 가져오는 자매들 다섯은 오롯이 검은 원피스를 입고 엄숙하게 제단 뒤에 섰다. 장막의 자매들은 이미 구별된 목자들로 흰옷을 입을 필요가 없는 것이다. 제단에서 바닥까지 여과 없이 핏물이 흐르고 또 흘렀다. 피가 흰 대리석 바닥을 물들였다. 사람들이 입고 있는 흰 원피스가 핏물을 머금고 발치부터 점점 붉은색으로 물들었다. 혜진은 그 순간에도 흰옷이 필요 없는 자매들이 미칠 듯이 부러웠다. 혜진은 엎드려 울었다. 자신을 정결하게 해 달라고 빌었다.

"오직 피로써."

한 목사가 처절하게 소리쳤다.

"오직 피로써!!"

혜진이 고개를 번쩍 들어 두 손을 들며 화답했다. 눈물이 흘러 넘쳤다. 한 목사는 놋그릇에 자매들이 별도로 빼놓았던 피에 손을 담갔다 뺐다. 붉은 손가락으로 그는 성도들 사이를 누비며 한 명 한 명의 이마에 피의 도장을 찍어 주었다. 혜진과 성도들이 감격에 겨워 목이 쉬도록 소리를 질렀다. 그리고 그가 남은 그릇의 피를 성도들을 향해 냅다 뿌렸다. 자매들이 남은 피를 놋그릇

다섯 개에 별도로 담아 공중으로 뿌렸다.

 성도들은 피를 향해 달려갔다. 피바다가 된 대리석 바닥에 성도들은 진흙탕 돼지처럼 뒹굴었다. 그들이 깨끗해지기 위한 유일한 방법. "오직 피로써! 오직 피로써!" 모두가 울부짖었다. 혜진 역시 바닥에서 허우적거리며 두 팔과 다리를 벌렸다. 성도들의 흰옷이 모두 붉게 물들었고, 이들은 거대한 꿈틀거리는 하나의 붉은 덩어리가 되었다. 오르간과 찬송가는 더욱 크게 지하 예배당을 울렸다. 제물을 태운 검고 흰 연기가 한참을 지하에 머물다가 환기구로 올라갔다. "보배로운 피! 보배로운 피!" 천사와 같은 음성이 울려 퍼지는 것을 성도들은 몽롱한 가운데 들었다.

 혜진은 황홀경 속에서 환상을 보았다. 눈앞에 커다란 크리스마스트리가 있었다. 그리고 황금으로 된 거대한 구가 나무에 매달려 있다가 그녀의 발치에 떨어져 깨졌다. 어느새 혜진은 알몸으로 번제단 위에 누워 있었다. 그녀가 깨진 조각 중 하나를 주웠다. 단면이 아주 날카로웠다. 그녀는 황금의 칼로 자신의 목을 찔렀다. 피가 하늘로 솟구쳐 오르더니 곧 자신의 온몸을 덮었다. 따뜻한 온기가 그녀를 감쌌다. 단 한 번도 덮어 보지 못한 거위털 이불처럼, 단 한 번도 느껴 보지 못한 어머니의 품처럼 향기로운 피가 그녀를 안아 주었다.

"피가 우리를 모든 죄에서 깨끗게 할 것이요."

음악 소리가 잦아들고 한 목사가 엄숙하게 선포했다. 혜진은 소처럼 울음을 토해 내었다.

모든 죄를 사함받았다.

그녀는 드디어 구원받았다.

4.

[교회에 가자고?]

혜진은 재원에게 전화했다. 속죄제가 있은 지 반년이 지난 시점이었다. 그녀는 많은 고민을 했고, 자신은 다시 태어난 사람이라고 스스로에게 되뇌며 용기를 내었다. 재원과 이야기를 나눈 것은 4년 전이 마지막이었다.

[정신이 나갔나, 이 XX년이……. 도망갈 때는 언제고.]

재원은 혜진의 아버지의 형의 아들, 그러니까 혜진의 사촌 오빠였다. 그녀는 4년 전 혜진이 전화번호와 주민등록번호를 몽땅 바꾸기 전까지 혜진에게 수천만 원을 뜯어냈었고, 혜진이 잠적한 후 눈이 벌게져 그녀를 찾았다가 이제 막 혜진을 찾는 것을 포기한 참이었다. 그런데 갑자기 그녀에게서 연락이 다시 왔다. 이게 웬 횡재냐 싶었지만 뜬금없이 교회를 가자는 말에 그는 실소했다.

[야, 피혜진. 너 어디야?]

아무래도 만나서 얘기를 해 봐야겠다. 얼굴을 보고 구슬리든 어르든 쥐어패든 하자, 그런 생각을 한 피재원이 입술을 핥으며 그녀가 불러 주는 주소를 받아 적었다. 반반한 혜진의 얼굴을 떠올리니 갑자기 식욕이 돋는 느낌이었다. 날씬한 어린애의 몸이 이제 성인의 그것이 되었겠지, 하고 생각하니 초조해지기까지 했다.

재원이 혜진을 처음 만난 것은 다 쓰러져 가는 빌라촌에 위치한, 그곳에서도 유독 추레한 그의 작은아버지의 집에서였다. 폭력적인 알코올 중독자 작은아버지, 힘이 없고 불경이나 맨날 틀어 놓는 이상한 숙모, 그리고 그 사이에서 자란 어린 열두 살짜리 여자애를 힘으로 따먹는 건 찬물 한 잔 마시는 것보다 쉬웠다. 더욱 웃긴 건 자신이 혜진의 처음 남자가 아니었다는 사실이었다. 혜진의 허벅지에는 이미 누군가의 손자국이 멍으로 선명하게 남아 있었다.

'너네 아빠가 그랬냐?'

재원의 물음에 혜진의 겁에 질린 큰 눈동자가 거의 튀어나올 듯했던 게 아직도 기억에 남았다. 재원은 집안에 흐르는 못된 피를 그대로 물려받은 종손이었다. 그녀가 가엾다거나 자신의 친딸을 건드린 작은아빠에 대한 분노 따위는 전혀 일지 않았다. 혜진이 누구에게도 말하지 말아 달라고 싹싹 빌자 그는 킬킬거리면서 대신 자주 찾아오겠다고 말했다. 그는 혜진을 노래방으로 자신의 가출팸 원룸으로 자주 불렀다. 종래에는 자신뿐 아니라 그가 어울리는 가출팸 친구들과 형들 그리고 후배들이 골고루 혜진의 살을 맛볼 수 있게 해 주었다.

혜진의 엄마는 얼마 후 중이 되겠다며 집을 나갔고, 혜진이 중학교 3학년 그리고 재원이 고등학교 3학년 때, 작은아빠가 죽었다. 술을 마시고 오토바이를 몰고 나갔다가 머리가 아스팔트 도로에 갈려 죽었다고 했다. 재원은 알고 있었다. 그날, 재원은 보았다. 그날도 그녀를 그녀 집에서 강간하고 깜빡 잠이 들었다 깨어 누워 있는데 혜진이 사부작거리더니 오토바이 타이어에 대못을 수차례 박아 넣었다 뺐다. 그러고는 막걸리 병에 혜진 자신이 처방받은 가루 감기약을 탔다.

그날은 아무 일도 없었다. 하지만 얼마 후 작은아빠가 오토바이 사고로 죽었다고 해서 그는 가족들과 함께 장례식에 참석했다. 음주 운전이 원인이었다. 자신의 작은아빠라는 남자는 늘 취해 있었으니 언젠가 닥칠 일이었고, 장례식에 참석한 그 누구도 살인이라는 단어는 머리에 떠올리지 않았다. 혜진이 저지른 짓이 아닐지도 모르고, 혜진이 저지른 짓일 수도 있다. 그는 혜진이 그를 죽였다고 해도 백번 이해했다. 자기가 혜진이었어도 애저녁에 작은아빠와 작은엄마를 칼로 찔러 죽였을 것이다. 하지만 이해하는 것과 이용하는 것은 다른 얘기였다. 그는 혜진의 범죄 행위를 찍은 핸드폰 동영상이 있다며 혜진을 협박해 보았고, 혜진은 순진하게도 그의 협박에 굴복했다.

"야, 이 XX년아. 너 무슨 영화 찍냐? 전화번호 바꾸고 도망가면 좆 같은 조선 땅에서 날 피할 수 있을 줄 알았어? 살인자 년이."

재원은 카페에서 자신의 예상 밖으로 평온한 얼굴을 하고 있는 혜진을 보자 살살 구슬려야겠다는 계획을 잊어버렸다. 4년 전 그녀가 사라지기 전까지 그녀는 재원의 충실한 돈줄이었다. 부모 없이도 공부 잘하고 얼굴 반반한 그녀를 협박해 여러 남자에게 보냈고, 그는 덕분에 쏠쏠하게 유흥비와 약값을 벌었다. 혜진은 그에게 영원히 땟국물이 줄줄 흐르는 존나게 불쌍한, 에미 애비 뒈진 년이었다. 그는 자기 친구들에게 낄낄거리며 혜진을 그렇게 소개하곤 했다. 그런데 4년 만에 나타난 혜진이 재벌집

귀한 딸이나 되는 듯한 얼굴을 하고 딱 봐도 명품인 것이 분명한 아이보리색 블라우스와 치마에 백까지 들고 얌전을 떨며 말하는 꼴을 보고 있자니 그의 오장육부가 뒤틀렸다.

"난 구원받았어."

혜진이 평온하게 말했다.

"지랄하네. 너 진짜 내가 영상 뿌려? 경찰에 가져다줘?"

"상관없어. 나는 모든 죄를 속죄받았으니 이제 자유롭거든."

"야, 잊고 있는 것 같은데, 이 쌍년아. 니 돌림빵 당하는 영상도 있다. 수틀리면 이거 뿌리는 수가 있어."

그는 거짓말을 했다. 이미 혜진의 영상들은 위디스크에 '돌림빵 실제 영상'이라는 태그를 달고 유료 결재 상품으로 올라가 쏠쏠하게 용돈벌이를 해 주고 있었다.

"난 오빠도 이제 용서했어. 오빠도 죄를 용서받아 하나님 앞에서 깨끗해지면 좋겠다."

재원은 기가 막혔다. 이 멍청하고 어리숙한 게 이제 사이비 종교에 빠졌구나. 어쩌면 지 에미나 애비와 다를 게 이렇게 없을까. 재원은 언제나 불경이 들리던 좁아터진 혜진의 집을 새삼 떠올렸다. 항상 매캐한 향 냄새와 썩어 가는 풀들이 냄새를 내는 그곳을. 그는 새삼 유전자의 힘을 느꼈다.

장막의 자매들

"이 또라이 년이 진짜 제대로 미쳤네. 야, 하나님이 너나 나나 이렇게 살라든?"

"하나님이 오빠를 용서해야 나도 용서받을 수 있다고 하셨어."

재원이 혜진의 말을 듣고 웃었다.

"여기서 용서받아야 하는 사람은 너밖에 없어, 이 살인자 년아. 난 죄지은 게 없거든."

"정말? 정말 없어?"

혜진은 진심으로 놀란 듯했다. 마치 친아빠에게 겁탈당한 걸 들킨 그날처럼 놀란 토끼 눈을 한 혜진을 보며 재원은 어이가 없었다. 없겠냐? 하지만 재원은 마음에 거리낌이 없었다. 가난하고 못 배우고 인성까지 파탄 난 부모 밑에서 태어난 게 죄라면 죄겠지. 사촌 동생을 강간한 죄? 영상을 뿌린 죄? 좆 까라고 해, 옛날에는 여자를 납치해서 강간하면 부부가 되었다고 했다. 그때는 죄가 아니고 왜 지금은 죄란 말인가? 영상 따위 어차피 남자들은 한번 보고 치우는 것들, 그녀가 특별히 피해 볼 것도 없었다. 자신 역시 혜진의 부모와 큰 차이 없는 부모 밑에 태어난 죄밖에 없었다.

"난 없어, 이 XX년아. 내가 너 같은 창녀인 줄 아냐. 이 오빠는 흰 도화지처럼 법 없이도 살 사람이고, 지금 당장 뒈져도 너

네가 말하는 그 천국으로 갈걸."

빙글거리며 조롱하는 말에 오히려 혜진은 놀라 무언가를 깊이 숙고하는 듯했다. 간간이 무엇인가를 생각하면서 고개를 끄덕이기까지 했다.

"이년이 미쳤나……."

"내가 할 말은 이게 다야. 난 이제 성경 공부 시간이 다 되어서……. 나중에 꼭 연락 줘. 여기로 찾아와도 괜찮고."

혜진은 자리에서 일어나며 그에게 목양교회의 전단지를 내밀었다. 재원은 어이가 없다는 표정으로 그녀가 전해 주는 전단지를 받았다. 흰 배경에 네모난 나무 단이 그려져 있었다. 단 위에 흰 양이 누워 있고 주위를 천사들이 웃으며 손을 잡고 굽어보는 일러스트가 표지에 그려져 있었다. 제단에는 뻘건 피가 줄줄 흐르는 걸 그대로 그려 놓은 것을 보니 딱 봐도 사이비 종교 전단지였다.

혜진에게 버럭 화를 내려고 고개를 다시 들었던 재원은 혜진의 눈동자를 보고 입을 다물었다. 번들거리는 눈동자, 확장된 동공, 자신이 아닌 그 무엇인가를 바라보고 있는 표정에 그는 갑자기 기묘한 공포를 느꼈다. 그녀의 미소가 마치 전단지에 그려진 천사들과 같이 인공적이고 기괴한 느낌을 주었다. 그가 주저하는

장막의 자매들 131

사이에 혜진은 떠났다. 꼭, 꼭, 다시 연락 달라는 당부를 남기고.

5.

 혜진이 장막에 들어가고 싶다는 말을 이소망 사모에게 전한 지도 반년이 지났다. 하지만 이소망과 장막을 드나드는 자매들은 속죄제가 끝난 1월이 지나고 10월의 번제가 가까워지도록 아무런 말이 없었다. 혜진은 기다리고 기다렸다. 유기쁨 목자와 김마리아 목자는 혜진에게 좋은 소식이 있을 것이라고 그녀를 안심시켜 주었다. 이소망 사모는 속죄제에서 혜진의 모습에 큰 인상을 받았다고 했다. 김예서 목자는 혜진의 이야기와 간증을 듣고 눈물을 함께 흘려 주었다. 이제 중요한 것은 다가올 번제를 준비하는 것이었다. 왠지 혜진은 마음이 술렁거렸다.
 그녀는 최근에 이름을 개명했다. 그녀의 이름은 이제 레아였다. 성경에서 남편의 사랑은 받지 못했지만 아들을 낳아 신의 족보에 이름을 올린 여인의 이름이었다. 그래, 거룩한 이름은 자신의 행동과 결단으로 획득하는 것이다.
 "각자 자신의 제물을 바침으로 주님께 온전히 씻음받는 거지요."

혜진을 유난히 좋아하는 김예서 목자가 혜진에게 속삭이며 팁을 주었다.

"제물……."

혜진이 중얼거리자 옆에 있던 김마리아 자매가 답답하다는 듯이 더했다.

"성경에서는 짐승을 매년 바쳐야 해요. 하지만 예수님은 자신을 바치고 수많은 이들을 깨끗이 하셨잖아요. 그러니 우리가 한 번에 깨끗해지기 위해서는 그에 상응하는 제물을 바쳐야 하는 거죠."

"장막에 들어오는 조건은 사실 그것뿐이에요."

예서가 예의 그 따뜻한 웃음을 웃었다.

"흠 없는 양을…… 바쳐야 하는군요."

혜진은 고개를 끄덕이며 그들에게 진정한 감사를 표현했다.

"흠 없는 양도 가끔은 실수를 하니까요."

마리아가 무표정으로 한마디를 더 덧붙였다.

"제가 바친 양은 조금…… 성질이 못됐긴 했지만, 하나님께서는 그것조차도 받으시는 자비로운 분이에요."

번제 절기가 다가오고 있었다. 그 전에 산에 올라가 봐야겠다는 생각이 불현듯 혜진, 아니 레아에게 들었다. 자신이 온전한 정결함을 입기 전에 마지막으로 확인을 해 보고 싶었다. 그녀는 절항산을 다시 찾았다. 그녀의 어머니가 비구니로 귀의한 보원사라는 절은 절항산이라는 충남의 한적한 시골의 산기슭에 위치해 있었다. 절이라기보다는 암자에 가까운 곳. 혜진은 딱 한 번, 그러니까 4년 전에 이곳을 찾은 적이 있었다.

'소승은 이제 모든 속세의 인연을 끊고 부처님께 귀의한 몸이니, 시주님께서도 돌아가시지요.'

혜진의 어머니는 빡빡 깎은 머리에 비니 같은 모자를 쓴 채였다. 그녀는 합장을 하고 남이라도 되는 양 혜진에게 공손하게 인사를 했다. 혜진은 특별히 화가 나지는 않았다. 애초에 비구니가 되기 전에도 그녀는 남이나 마찬가지였다. 다만, 이제 비구니가 되어 자신에게 발길질을 하거나 쌍욕을 하지 않고 정중하게 대하는 것이 생경할 뿐이었다.

'당신 남편, 죽었어요.'

혜진의 말에 그녀가 잠시 멈칫했다.

'⋯⋯그렇군요. 명복을 빕니다. 나무 관세음보살⋯⋯.'

'어떻게 죽었는지 궁금하지 않아요?'

'괜찮습니다⋯⋯. 저는 이만⋯⋯.'

'아마 고통스러웠을 거예요. 오토바이 사고였거든요.'

'……네.'

'사실 제가 죽인 거나 마찬가지예요. 그놈 술에 약을 타고, 오토바이 타이어에 구멍을 내 버렸더니, 아스팔트에 대가리가 갈려서 얼굴이 뼈만 남았더라고요. 당신이 봤으면 좋았을 텐데. 사람들이 보지 말라고 말리는 걸 제가 억지로 봤어요. 마지막 그 모습을 똑똑히 볼 사람이 있어야 할 것 같아서요. 어떻게 보면 내가 당신 대신 복수를 해 준 거 알죠? 불교에서는 카르마라고 하잖아요.'

혜진이 재미있는 소식을 전해 주는 사람처럼 은근히 이를 보이며 그녀를 쫓았다. 주절주절 얘기를 계속하는 혜진을 두고 그녀는 뒷걸음질을 치기 시작했었다. 몸을 돌려 도망을 가던 엄마의 뒷모습이 기억난다. 왜 도망을 갔을까? 혜진은 수풀을 헤치며 그때 기억을 살리려 애썼다. 당시 엄마의 얼굴, 표정, 몸짓 모두 새삼스럽게 기억이 났다. 그 소식을 들으면 엄마가 좋아할 줄 알았는데. 자신이 이제 엄마를 지켜 줄 수 있다고, 제 손으로 악마, 원수를 처단했다는 소식을 들으면 어쩌면 다시 집으로 돌아올지도 모른다고 생각했었던 것 같기도 하다.

하지만 다시 만난 엄마는 실망스러웠다. 그녀가 그토록 평생을 원했던 도망자의 삶, 의미에서 벗어난 삶이 어떠한가. 머리카락이 박박 밀렸다는 것 외에는 그 전의 삶과 그 무엇도 다를 바 없어 보였다. 칙칙한 옷, 푸석한 피부, 단백질과 지방이라고는 없는 식단, 벌레와 잡초들과 함께하는 수동적이고 무기력한 나날들. 이것이 바로 자신의 어머니가 선택한 구원이자 낙원이라니. 결국 엄마의 낙원은 자신이 없는 삶이었구나, 하고 혜진은 깨달았었다.

"끙."

혜진은 가파른 돌계단을 올랐다. 계단 하나하나를 주의 깊게 살폈지만 특이점을 발견하지는 못했다. 계단에는 흙과 먼지가 가득할 뿐 어떤 핏자국도 남아 있지 않았다. 보원사로 향하는 유일한 이 돌계단은 4년 전과 같이 인적이 드물었다. 혜진이 서너 시간을 계단 옆 바위에 앉아 기다렸지만 한 명도 길을 지나치지 않았다. 장마철이 되더라도 특별히 누가 이 흙더미에서 새롭게 무엇을 발견하지는 못할 것이었다. 다섯 시간이 될 즈음에 저 멀리서 법복을 입은 나이 든 스님이 한 명 내려오는 것을 보고 그녀는 온 길을 따라 다시 산을 내려갔다.

그녀의 엄마는 애초에 제물이 되기엔 부족한 사람이었다. 도망가는 비구니 한 명을 계단으로 밀어 목을 부러뜨려 죽였어도 이는 속죄할 필요도 없는, 이교도 벌레를 처리한 작은 사건일 뿐이다. 혜진은, 아니 레아는 흡족하게 돌계단에 앉은 벌레를 짓이기며, 팔에 앉는 모기들을 때려잡으며 천천히 걸어 내려갔다.

6.

 10월이 되어 번제가 가까워지자 교회는 축제 분위기가 감돌았지만, 장막의 자매들은 고심했다. 목양교회의 실세는 장막 자매들이었다. 그들이 실세일 수 있는 이유는 그들이 번제와 속죄제를 위한 준비를 도맡아 하기 때문이다. 이 준비는 한다윗 목사나 이소망 사모조차도 할 수 없는 일이었다.
 "죄 없고 흠 없는 숫양."
 유기쁨 목자가 거실에 앉아 성경책을 펴고 고개를 주억거렸다. 다른 자매들도 두 손을 모으며 아멘, 하고 속삭였다. 그중에 혜진, 아니 레아가 앉았다. 레아는 최대한 기쁨을 참으려고 표정을 갈무리했다. 자매들은 그녀를 따뜻하게 환영했다.
 "형제 장막에는 이제 형제들이 더 이상 남지 않아서 걱정이었는데, 우리 레아 목자를 새로 장막에 들어오게 해 주신 하나님께 감사드립시다."

"요즘 같은 시대에 순결한 형제를 찾기가 쉽지가 않지요."

조은혜 목자가 걱정스럽게 덧붙였다.

"그래도 지난번 속죄제에서는 김마리아 자매님 덕분에 저희가 은혜를 입었지요."

"마땅히 해야 할 일을 한 것뿐인데요."

김마리아가 수줍게 고개를 숙였다.

"형제 장막을 채우는 일은 목사님과 장로님들께서 기도를 통해 차차 해결하실 수 있는 일이니 지금 고민해 봤자 소용이 없으니……."

"주님께서는 항상 우리의 필요를 채워 주시니까요."

"맞습니다. 아브라함과 이삭의 말씀을 기억해 보세요. 번제 제물을 하나님께서 친히 보내어 주셨죠."

모두 고개를 끄덕거렸다.

"가장 중요한 것은 번제로 우리 주님을 기쁘게 하는 일이 아닐까요. 여기 우리 레아 목자님의 헌신을 주님께서 기쁘게 번제이자 화목제로 받으실 것입니다."

아아, 레아는 영혼이 기쁨으로 떨린다는 것이 무엇인지 알 것 같았다. 자매들은 둘러앉아 손을 꼭 잡고 기도를 시작했다.

"주님, 저희의 번제를 기쁘게 받으시옵고, 주와 연합하여 하나가 되게 하소서. 레아 목자의 헌신과 사랑과 마음을 기억하사 그녀가 영원히 주님의 나라에 들게 하소서. 아멘."

혜진, 아니 레아는 눈물이 났다. 드디어, 드디어, 그녀는 집에 왔다. 자신이 찾고 얻은 진정한 고향 집. 자매들은 함께 맞춤 파자마를 입고 기도가 끝나자 눈을 뜨고 수줍게 웃었다. 모두의 눈에 옅게 눈물이 맺혀 있었는데, 자신들의 기도가 하나님께 닿았음을 확신할 수 있었기 때문이었다.

"자, 그럼."

유기쁨의 신호로 모두가 고개를 끄덕이며 경건하게 자리에서 일어났다. 레아는 맨 뒤에서 그들을 쫓았다. 장막의 가장 구석에 있는 세탁실에는 세탁기가 없었는데, 그들은 그곳으로 향했다.

"읍……읍……."

어두운 세탁실 구석, 줄에 매달려 발버둥 치는 발가벗은 인영이 있었다. 은혜가 불을 켜자 남자는 눈이 부신지 눈을 찡그렸다가 다시 크게 떴다. 그가 자매들을 보고 경악하며 눈을 치떴다. 나체로 매달려 있는 이는 재원이었다. 그의 입은 청테이프로 단단히 봉인되어 있었다. 그는 여자들 무리 속에서 혜진, 아니 레아를 발견하고 발악했지만 몸이 마음대로 움직이지 않았다.

그에 개의치 않고 유기쁨과 조은혜가 그의 몸을 꼼꼼히 살폈

장막의 자매들 139

다. 레아에게는 다행스럽게도 재원의 몸에는 문신이 없었다. 그가 어울리는 질 나쁜 친구들은 대부분 몸에 문신을 새겼는데 재원은 유독 아픈 것을 싫어했기에 문신을 꺼려 해 정말 다행인 일이었다. 레아가 그에게 수면제를 먹여 자신의 원룸에 사흘은 가둬 둔 덕분에 담배 냄새 역시 감쪽같이 숨겨졌고 비싼 방향제를 잔뜩 사서 뿌린 덕분에 은은한 향만 풍기는 것 역시 좋은 신호였다.

"좋네요."

김마리아 목자가 꼼꼼하게 검수를 마치고 고개를 끄덕였다. 마리아는 워낙 꼼꼼했기 때문에 재원의 온몸 구석구석을 살펴 레아를 긴장하게 했다. 재원은 도대체 무슨 일이 일어나고 있는지 알 수가 없었다. 그는 분명히 며칠 전, 사촌 동생에게 연락해 그녀의 주소를 받아 그 주소가 가리키는 원룸을 찾아갔다. 더 아름다워진 사촌을 보자 오랜만에 회포를 풀기 위해 그녀를 살살 달래던 차였다. 여차할 때를 대비해 협박용 나이프 역시 바지춤에 넣어 놓는 것을 잊지 않았다.

혜진은 자신이 개명을 했다느니 레아로 부르라느니 개소리를 하더니 웬일인지 살갑게 굴었다. 별 긴장감 없이 술을 마시자 이상하게 잠이 쏟아졌고, 눈을 뜨니 지금 정육점의 고기처럼 이곳에 매달려 있었다. 몸에 힘이 제대로 들어가지 않는 것을 보니 수면제를 먹은 것이 틀림없었다. 입안에 솜을 잔뜩 넣고 테이프를 붙여 놓아 혀를 깨물 수조차 없었다.

"흠 없는 수컷으로 회막문에서 여호와 앞에 열납하시도록 드릴지니라."

유기쁨의 암송에 자매들이 모두 화답했다.

"흠 없는 수컷으로 회막문에서 여호와 앞에 열납하시도록 드릴지니라."

"흠 없는 수컷으로 회막문에서 여호와 앞에 열납하시도록 드릴지니라."

"흠 없는 수컷으로 회막문에서 여호와 앞에 열납하시도록 드릴지니라."

"흠 없는 수컷으로 회막문에서 여호와 앞에 열납하시도록 드릴지니라."

"흠 없는 수컷으로 회막문에서 여호와 앞에 열납하시도록 드릴지니라."

드디어 번제가 시작될 수 있다. 최한나 목자가 날카롭게 간 초콜릿 공예용 송곳을 가지고 왔다. 김예은 목자가 고요히 놋그릇을 가지고 와 재원의 발 밑에 놓았다. 놋그릇을 바닥에 놓을 때

소리가 나지 않도록 조심하는 것 역시 잊지 않았다. 그녀가 대리석에 구멍을 뚫을 때 사용하는 커다란 조소용 송곳으로 그의 오른쪽 허벅지 안쪽을 푸욱 찌르자 재원이 고통으로 버둥거렸지만 마비된 그의 팔다리는 바르작거리는 것 외에 움직임을 자아내지 못했다. 피가 다리로 흘러내려 커다란 놋그릇 위에 똑. 똑. 하고 떨어졌다. 최한나가 다시 송곳을 들고 왼쪽 허벅지를 마저 찔렀다. 이제 피는 줄줄줄 흘러내렸다. 재원은 격통으로 인해 혼절할 지경에 이르렀지만 정신을 잃지는 못했다. 그의 눈에서는 눈물이, 테이프 사이로는 침과 피가 새어 나왔다.

"아멘."

장막 자매들의 오랜 경험으로 미루어 보면 이제 다섯 시간 정도면 그의 몸에서 대부분의 피가 빠져나올 것이다. 그러면 기쁨 목자와 은혜 목자가 그의 가죽을 세심하게 벗겨 낼 것이고, 마리아와 한나 목자는 관절 마디마디 분절하여 각을 뜰 것이다. 레아는 처음 배우는 처지이니 피를 받는 역할을 맡았다. 그녀는 피를 조심히 받아 냉장실에 잘 보관할 것이고, 그의 가죽과 내장이 모두 분리되면 내장이 엉키지 않도록 잘 다듬어 번제를 위해 깨끗이 씻을 것이었다. 그러면 이제 진정한 축제의 계절이 온다.

레아, 아니 혜진은 경악과 공포에 물든 재원의 눈을 마주 보며 마지막 눈물을 흘렸다. 기쁨과 환희의 눈물. 매달린 재원은 그녀의 표정을 보고 몸을 떨었다. 그녀의 깊고 빛나는 눈동자를 보자 그는 여기서 빠져나갈 수 없음을 깨달았다. 레아는, 혜진은 진심으로 재원을 용서했다. 오히려 그에게 한없이 고마울 따름이었다. 재원이 자신의 죄를 인정하지 않아서, 본인에게 아무런 흠이 없다고 고백해 주어서. 제물은 오로지 흠 없는 어린양만이 될 수 있기 때문이다.

'난 죄지은 게 없거든.'

장막의 자매들이 입가에 미소를 띠고 찬송을 나직하게 부르기 시작했다.

주 약속하신 말씀대로 다 정결케 하여 주소서
주 제단 위 모든 것을 다 바치니 받아 주소서
그 거룩하신 이름 따라 성령의 큰불을 주소서
내 헛된 것을 태우도록 성령의 큰불을 주소서
내 죄가 추악하나 그 피로 씻으면
눈같이 희게 되어 티 하나 없으리
내 속에 쌓인 근심 한없이 크건만
주 친히 벗겨 주사 위로해 주시네

내 죄가 추악하나 그 피로 씻으면
눈같이 희게 되어 티 하나 없으리

작가의 말

　우먼 크라임이라고 하면 여성이 저지르는 범죄, 혹은 여성 대상의 범죄가 떠오를 것입니다. 저는 여성과 범죄라는 키워드에 충실하되, 한 여성이 온전히 피해자도 아니고 100프로 가해자도 아닌 이야기를 쓰고 싶었습니다. 종교라는 극단적인 장치를 사용했지만, 이는 하나의 메타포로 봐 주셨으면 하는 마음입니다. 극단적이고 과하지만, 여성은 결국 인간에 불과하다는 얘기를 하고 싶었던 것 같습니다. 여성은 유난하거나 특별한 존재도 아니고 성스러운 존재이거나 경외의 대상도 아닙니다. 인간은, 여타 생물들과 마찬가지로 결국 생존을 위해 여러 선택을 하는데 여성들 역시 다양한 선택을 할 뿐입니다. 생존의 방법은 그 개인이 처한 상황에 따라 다르겠지만요.

　이 이야기는 그 인식과 구조를 명료한 눈으로 보지 못해 원인을 다른 곳에서 찾는 한 여성의 이야기일 뿐만 아니라 그러한 수많은 이들의 이야기입니다. 저 역시 소설과 같은 극단적인 단체는 아니지만 비슷한 신념을 가진 종교 단체에서 15년 이상을 봉사했던 경험이 있습니다. 그 단체는 저에게 '여자'가 아니라 '열국의 어미'가 되어야 한다고 늘 강조했습니다. 아직도 그 의미를 정확히 알지는 못하지만 아마도 세상에 대한 명료함을 가지지 말고, 도그마에 온몸을 맡기라는 의미가 아니었을까 어렴풋이 짐작했습니다.

　아이러니하게도 제가 도그마에서 벗어나게 된 계기는 변호사가 되어 이 세상의 범죄들을 마주하게 되면서였습니다. 눈을 가리고, 봉사를 하고, 아름다운 것만을 보는 연습을 해도 세상은 날카롭고 엄정한 곳이었습니다. 그러자 저는 신이 떠난 무당처럼 더 이상 날카로운 작두 위를 감히 올라갈 수 없게 되었습니다. 더 이상 그 황홀경을 느끼지 못한 채, 쓴 입맛을 다시며 글을 씁니다.

　장담컨대, 차라리 혜진은 행복할 겁니다.

- 신조하 -

장세아

홍보업계에서 오랫동안 일했으며, 여러 가지 필명으로 다양한 장르의 글을 쓰고 있다. 교보문고 스토리 공모전 우수작으로 선정된 장편 스릴러 〈런어웨이〉는 미국, 독일, 이탈리아 등에 번역 수출되고 영상화가 결정되었다. 네이버 오디오클립에서 북리뷰 채널 '취향타는 독서 처방전'을 운영중이다.

"그거 알아? 모르는 전화는 함부로 받으면 안 된다는 거.
 사실인지는 몰라도, 전화 잘못 받았다가 인생 말아먹었다는 인간을 하나 알거든."

 긴 긴 겨울밤, 무료함을 달래기에 이야기만 한 게 또 있을까?
 그것도 남의 망한 인생 이야기만큼 흥미진진한 건 없다.
 창밖을 스치는 요란한 바람 소리에 머리칼이 쭈뼛 서는 밤, 우리는 당직실에 마주 앉아 있었다. 발아래에는 뜨끈한 난방기가 놓여 있고, 탁자 위에는 맥주와 땅콩과 오징어 같은 것이 흩어져 있었다. 원칙적으로 당직실에 들이면 안 되는 음식들이지만, 오늘만은 괜찮을 것 같다. 아무 일도 일어나지 않을 듯한 밤이니까. 웬일로 소란을 피우는 환자도 없이 모두 제시간에 얌전히 잠자리에 들었기 때문에 조용하고 평화로웠다. 확실히 한가한 곳이었다. 복잡한 도시를 벗어나 잠시 느긋하게 지내고 싶은 인간에게는 딱 맞는 일자리다.

"어렵게 찾아낸 자리니까 세상 잠잠해질 때까지 죽은 듯이 찌그러져 있어, 알겠냐!"

아버지는 이게 마지막 기회라며 못을 박았지만, 그렇게 겁을 줄 필요도 없었다. 나도 호된 맛을 보고 넋이 나가 버렸으니까. 전에 있던 곳과는 비교도 할 수 없는 초라한 시골 병원까지 군말 없이 짐을 싸서 내려온 것도 그 때문이다.

앞에는 너른 들판이 펼쳐져 있고, 뒤에는 하천이 흐르는 한적한 곳에 덩그러니 서 있는 낡은 건물. 끊임없이 사람들이 들락거리는 도시의 대형 병원에 비하면, 도대체 제대로 굴러는 갈까 싶게 인적이 뜸한 곳이었다.

"그래도 다 솟아날 구멍은 있기 마련이야. 골치 아픈 인간들 처박아 두기에는 여기만 한 데가 없거든. 특히 번듯한 집안이라면 남몰래 덮어 둔 처치 곤란한 쓰레기를 여기 내다 버리고 싹 잊어버리면 그만이라고."

음주 운전이라는 사고를 치고, 몇 달 전에 나처럼 쫓기듯 여기 내려왔다는 선배는 입이 깃털보다 가벼운 인간이었다.

"이런 곳이 있다는 건 전혀 몰랐어요."

"할 수만 있다면 아예 모르고 살아가는 게 제일 좋지. 때때로 사람들이 모르는 게 더 나은 일들이 있잖아? 너무 끔찍해서 생각하면 미쳐 버릴 것 같은 그런 일들을 쉬쉬하며 가둬 두는 거야. 일종의 쓰레기 매립지처럼."

"비공식적으로 운영된다던데, 그게 사실이에요? 여기서 하는 치료는 전부 비밀이라고."

"글쎄, 나도 잘은 몰라. 깊이 파고들어 봤자 골치만 아프지. 여기선 그냥 죽은 듯이 시간이나 때우다가 가면 되는 거야."

"그래도 환자의 신상까지 비밀로 하는 건 좀 너무하잖아요? 우리한테까지 그럴 필요가 있냐고요."

"말도 못 하게 끔찍하고 더러운 사연이 많다던데, 그 때문이겠지. 어차피 제대로 된 치료를 기대하는 곳도 아닌데, 뭐. 그리고 따지고 보면 우리도 결국 여기까지 흘러왔으니 처치 곤란한 쓰레기인 셈이잖아. 피차 같은 처지에 번거롭게 호구 조사는 무슨."

그렇게 말하며 킬킬거리는 숨결에서 술 냄새가 훅 끼쳤다.

하긴 그렇게 생각하면 이 병원이 망할 일은 절대 없을 것 같다. 마치 거대한 쓰레기 소각장처럼 환자고, 의료진이고, 공급이 끊어지지 않을 테니까. 게다가 근무 환경이 생각만큼 나쁘지도 않다. '남몰래 덮어 둔 쓰레기들'치고 크게 말썽을 부리는 환자는 없었다. 절반은 약에 취해 하루 종일 넋이 나가 있었고, 나머지 절반은 태엽을 감은 인형처럼 비틀비틀 돌아다니곤 했다. 물론 이따금 큰 소리가 나면, 건장한 남자 간호사들이 구속복과 장비, 약물을 담은 주사기 같은 것을 들고 복도를 쿵쾅거리며 뛰어가기도 했지만, 대체로 기이할 만큼 고요한 곳이었다. 병실의 절반이 비어 있어서 밤이면 불 꺼진 복도를 걸어가는 내 발소리가 섬뜩하게 울리고, 오늘처럼 눈보라가 휘몰아치는 밤에는 숙소로 돌아가는 대신 이곳 당직실에서 잠을 청해야 할 만큼 외딴곳. 가장 가까운 민가도 논두렁을 따라 20분쯤 걸어가야 한다. 당직이 아닌 직원들은 6시가 되면 곧바로 퇴근했고, 당직인 직원들은 해가 지고 나면 병원 밖으로 절대 나가지 않았다. 게다가 이곳에는 독특한 몇 가지 규칙도 있다.

환자의 신원을 알려고 하지 말 것.

환자와 단둘이 있을 때는 절대 등을 보이지 말 것.

지하 3층으로는 내려가지 말 것.

그리고 이 모든 조항을 아우르는 마지막 규칙, '쓸데없는 질문은 하지 말 것'.

지금이야 조금 익숙해졌지만, 나도 처음 여기 왔을 땐 난감했다. 주변에 즐길 만한 게 아무것도 없었기 때문이다. 하지만 불평은 할 수 없다. 누구를 탓할 것도 없이 전부 내 잘못된 선택 때문에 이 모양, 이 꼴이 된 셈이니 말이다.

그런데 고작 전화 한 통으로 인생 말아먹은 놈이 있다고? 그런 얘기는 또 못 참지.

"무슨 소리예요, 그게?"

내가 걸려들자, 선배는 히죽 웃으며 의자를 바짝 끌어당겨 앉았다.

"글쎄, 들어 봐. 그 인간이 수첩에 아주 자세하게 적어 놨더라고."

*

이 정신없는 이야기를 어디서부터 시작해야 할까?

잠결에 희미하게 울리는 벨 소리를 듣고 머리맡을 더듬어 핸드폰을 움켜쥐었던 게 기억난다. 빠듯한 응급실 당직 일정 때문에 거의 36시간 만에 처음으로 집에 돌아와 누운 터라 정신이 하나도 없었다. 눈도 제대로 못 뜨고 겨우 전화를 받았지만 목소리가 잘 나오지 않았다.

"어……."

꺽꺽대는 신음 비슷한 걸로 응답한 순간, 경쾌한 목소리가 들려왔다.

[자고 있었어?]

"으응……."

끙끙대다가 갑자기 눈을 번쩍 떴다. 쾅! 머리에 번개가 치는 것 같았다. 벌떡 일어나 앉는 순간, 심장이 미친 듯이 펌프질하는 게 느껴졌다.

"누구야."

[섭섭하네. 그새 벌써 내 목소리 잊었어?]

"씨발, 장난치지 말고."

[누가 장난을 쳐, 이 시간에.]

수화기 저편에서 은방울같이 맑은 웃음소리가 들려왔다. 진심으로 재미있다는 듯, 발랄하게 웃고 있었다. 그걸 듣는 순간 등골이 오싹해졌다.

"……너 ……정말 누구야."

[누구긴, '오빠 거'지.]

"미친……."

나는 전화를 확 끊고 침대 저편으로 던져 버렸다. 얼굴로 피가 확 쏠리는 게 느껴졌다. 감히 나한테 그 별명을 들먹여? 이런 짓을 할 만한 놈이 누구지? 형석이 새끼인가? 아니, 그 새끼는 여자한테 말이라도 붙여 볼 위인이 못 된다. 그렇다면 재민이 개자식이 뻔하다. 지 여친 시켜서 이런 질 나쁜 장난을 친 거다. 이제 몇 번째 여친인지도 모르겠지만.

미친 새끼. 할 일 없는 병신 같은 새끼. 어떻게 감히 이딴 짓을…….

따르르릉.

그때 어둠 속 저편에서 뚱땅거리는 벨 소리가 다시 울리는 바람에 침대 위에서 펄쩍 튀어 올랐다. 하마터면 나지막한 천정에 머리를 치받을 뻔했다. 이불 위로 나둥그러진 핸드폰 액정에 '발신자 표시 제한'이라는 글자가 떠 있는 게 보였다. 순간 얼굴로 솟구친 피가 머리 위로 확 끓어오르는 것처럼 정수리가 뜨끈해졌다.

"야! 좆 같은 새끼야! 죽고 싶냐? 할 일 없으면 잠이나 처잘 것이지 어디서 개수작을……."

[숨 좀 쉬고 말해, 오빠. 그러다 숨넘어가겠다.]
다시 까르르 웃는 소리가 들려왔다. 누구도 흉내 낼 수 없는 특유의 그 웃음소리.

— 네 웃음소리 묘하게 특이한 거 알지?
— 내가?
— 응.
— 어떤데?
— 좀 야단스럽달까. 새가 우는 소리 같기도 하고.
— 그건 귀엽다는 뜻이야?
— 글쎄.
— 뭐야, 진짜!
— 그런 소리, 첨 듣냐?
— 그런 말 한 거, 오빠가 처음인데.
— 그러니까 네가 생각 없이 그렇게 웃고 다니지.

하지만 나는 그 웃음소리가 좋았다.
<u>흐흐흐훗.</u>
진심으로 재미있다는 듯 킥킥거리는 소리가 지저귀는 종달새

의 소리처럼 간지럽게 들려서 늘 웃겨 주고 싶었다. 지분거리며 놀리고 싶어졌다. 얼굴에 비해 유달리 작은 입이 참새처럼 끊임없이 재잘대는 걸 보는 게 좋았다.

"너…… 정말…… 지선이야? 돌아온 거야?"

대답 대신 다시 웃음소리가 들렸다. 등골이 찌르르하게 떨려 왔다.

"너, 지금 어디야? 야! 너 진짜……."

[어디긴, 그 자리에 꼼짝 말고 있으라며. 데리러 온다고. 그래서 거기 그대로 있는데?]

"뭐?"

[허락 없인 아무 데도 가지 말고, 모르는 사람 차도 얻어 타지 말라며. 아무한테나 웃어 보이지도 말고, 말조심하고, 누구도 믿지 말고. 그래서 나 여기 가만히 있어. 도대체 언제 데리러 올 거야?]

"이, 이게 지금…… 장난하나."

어디서부터 뭐가 잘못된 건지 기억을 더듬어 볼 필요도 없었다. 36시간 만에 잠깐 눈을 붙였다가 갑자기 깨어났대도 아닌 건 아닌 거다. 어느 날 갑자기 사라져 버린 여자가 이렇게 하루아침에 아무 일도 없었던 것처럼 전화를 걸어 오다니, 이게 얼마나 지독하게 무책임한 장난인지는 더 말할 필요도 없다.

내 여자 친구는 일주일 전, 직장을 그만두고 갑자기 훌쩍 떠나 버렸다. 가족에게도, 내게도 행선지는 알리지 않았다. 그저 '잠시 시간이 필요하다'는 메시지뿐, 혼자 살던 오피스텔에서 간단한 짐만 챙겨서 사라져 버렸다. 그즈음 우리는 많이 다퉜고, 둘 다 직장 문제로 힘들어하고 있었다. 나는 병원 일로 눈코 뜰 새 없이 바빴고, 지선이는 새로 이직한 직장에 적응하느라 고생 중이었다. 빠듯한 일정을 쪼개 간신히 시간을 내서 만나도 서로 부딪치기 일쑤였다. 그러다가 지선이 갑자기 사직서를 내고 사라져 버렸다. 다른 직원들의 텃세와 관심이, 과도한 업무가, 너무 먼 출근길이 견디기 힘들다며 툴툴대더니 기어이 누구와도 상의하지 않고 일을 저질러 버린 것이다. 나는 군의관으로 일하고 있는 친구를 만나러 지방에 내려가는 길에 문자를 받고 곧바로 차를 돌려 돌아왔지만, 그녀는 이미 떠난 뒤였다.

그리고 한동안 초조하고 고통스러운 시간이 이어졌다. 처음에 지선의 가족들은 별로 심각하게 생각하지 않는 눈치였다. 이전까지는 서로 얼굴도 본 적 없었지만, 불안한 마음에 찾아간 내게 모두 친절하게 대해 주었고 오히려 날 위로해 주었다. 지선은 어려서 병으로 죽은 언니에 대한 기억 때문에 원래 기질적으로 외로움을 많이 타는 편이라고 했다. 그래서 내게 더 많이 의지했을 거라고. 전에도 나와 다투어서 기분이 가라앉거나, 회사 일이 힘들어지면 가족들과 연락을 끊고 혼자 지내는 일이 많았다는 것이다. 그러니 분명 어딘가에서 잘 쉬고 있다가 때가 되면 돌아올 거라고. 그러면 이렇게 훌륭하고 자상한 남친을 두고 제멋대로 잠적해 버린 걸 한번 혼내 줘야겠다고 했다. 하지만 닷새가 넘어가자 모두 슬슬 걱정하기 시작했다.

경찰은 생각보다 훨씬 더 무성의했다. 애초에 심각한 사안으로 여기지도 않는 눈치였다. 지선이 사라지기 며칠 전, 회사를 그만둔 점과 핸드폰을 놔두고 간 점, 조그만 캐리어를 끌며 혼자 오피스텔을 나서는 모습이 찍힌 CCTV 등을 보면 그저 평범한 여행처럼 보인다고 했다. 아직은 수사에 착수할 명분이 없다고 했다. 의외로 이렇게 무책임한 사람들이 많다고. 가족들이 온갖 호들갑을 떨며 지옥의 문턱을 수십 번씩 넘나들게 만들어 놓고는 한참 뒤에 태연하게 나타나서 '혼자만의 시간이 좀 필요했다'고 말한다고.

'한번은 처자식까지 멀쩡하게 있는 양반이 부부싸움하고 가출해서 제주도에서 혼자 한 달 살기를 하고 계셨더라고요? 카드랑 핸드폰이랑 다 내다 버리고 무슨 수도승처럼 자급자족하며 지내

셨다나. 이제 겨우 일주일이면 아직 뭐.'

일기나 유서처럼 최악의 상황을 암시하는 단서도 아직은 없으니 좀 더 기다려 보시라는 무심한 말에 나는 경찰의 멱살을 잡았다. 그런 재수 없는 소리 하지 말라고, 아무리 궁지에 몰려도 절대 그럴 사람이 아니라고, 반드시 다시 돌아올 거라고 울먹이며 소리쳤다. 오히려 나를 말리며 위로하는 지선의 가족들을 붙잡고 엉엉 울어 버렸다.

나는 본래도 눈물이 많은 편이었지만, 지선이 사라져 버린 뒤로는 툭하면 울게 되었다. 함께 갔던 장소, 함께 찍은 사진, 그녀에게 받은 선물. 내 곁에 가득한 지선의 흔적을 볼 때마다 눈물이 흘렀다. 빡센 당직 일정을 반기게 된 것도 그 때문이었다. 일에 몰두해 있을 때만큼은 괴로운 현실을 잊을 수 있으니까. 피곤한 몸을 이끌고 집에 돌아와 기절하듯 곯아떨어질 때는 잠시나마 생각이란 걸 멈출 수 있었다. 어쩌면 그렇게 조금씩 무뎌진 채 살아가게 되었을지도 모른다. 이렇게 다시 전화가 걸려 오지 않았다면.

"너 지금 어디야!"

[기억나? 우리가 처음으로 멀리까지 나가서 데이트했던 곳, 오빠가 나한테 꽃을 꺾어 주던 그 자리. 그러다가 잠깐 말다툼하

게 돼서 오빠가 결국 무릎까지 꿇고 달래 줬잖아. 나 거기 있는데? 계속 거기 있어.]

깊은 밤의 도로는 묘하게 최면을 거는 힘이 있다.

어둠 속에 끝도 없이 이어지는 하얀 줄을 따라가다 보면 정신이 혼미해지고 주변의 모든 것이 사라져 버리는 것 같은 기이한 경험을 하게 된다. 이따금 커다란 트럭이 바람처럼 휙 나타나서 앞질러 가다가 사라지기도 했지만, 밤이 깊어질수록 나는 텅 빈 도로 위에서 내내 혼자였다. 음악조차 틀고 싶지 않아서 고요한 정적 속에 내처 달렸다.

전화를 끊고 난 뒤, 두 번 생각할 것도 없었다. 차 키를 움켜쥐고 뛰어나오다가 현관에서 발이 걸려서 대차게 엎어졌지만, 다시 벌떡 일어나던 것까지만 기억이 난다. 그 뒤로는 주차장까지 어떻게 내려갔는지, 고속도로를 어떻게 탔는지도 모르겠다. 머릿속에는 온통 한 가지 생각뿐이었다.

다시 만나면 무슨 말을 할까?

마음 편히 기댈 수 있는 남자 친구가 아니었던 것에 대해 사과해야 할까.

다시는 널 놓아주지 않겠다고, 신파극 속에 나오는 애인처럼 그렇게 울부짖어야 할까.

늘 내 감정만 앞세웠다고, 네가 얼마나 힘들어하는지 미처 돌아보지 못했다고, 내 무심함에 용서를 구할까. 힘든 병원 생활을 이어 가는 동안, 네 철없는 웃음소리가 얼마나 힘이 되어 줬는지, 사라지고 나서야 깨달았다고 뒤늦은 사죄를 해야 하나.

아니, 무슨 말이든 상관없다.

그녀가 이제 다시 돌아왔으니까.

정신을 차려 보니 주유 경고등이 깜빡거리고 있었다. 뻑뻑한 눈으로 실타래처럼 흐물흐물 풀어지는 어두운 도로만 쳐다보느라 뒤늦게 알아차린 것이다. 내 기억이 맞다면 목적지는 아직 한참 더 남아 있으니, 그 전에 차가 갑자기 퍼져 버리면 곤란하다.

차창을 조금 내리자 싸늘한 밤공기가 차 안으로 확 들어오는 바람에 내내 연기처럼 머리 위를 떠돌던 생각이 차분하게 내려앉았다. 그제야 내가 입고 자던 허름한 반팔 티셔츠에 낡은 운동복 바지, 맨발에 슬리퍼만 신고 뛰쳐나왔다는 걸 깨달았다. 조금도 지체할 여유는 없지만, 어쨌든 주유소를 찾아야만 한다.

그래도 너무 늦기 전에 정신을 차린 덕분인지 잠시 후, 저 멀리 표지판이 보였다. 지금 여기를 지나쳐 버리면 앞으로 한참 더 가야 한다는 경고 문구에 한숨을 돌리며 핸들을 틀었다. 좁은 길저 끝에, 새까만 어둠 속에 표류하는 섬처럼 희미하게 불을 밝힌 주유소가 있었다. 그동안 몇 번인가 이 도로를 지나는 동안 한 번도 못 봤던 것 같은데. 묘하게 낯설고 기묘한 느낌이었다. 하긴 이런 시설들은 마치 고속도로를 떠돌아다니는 신기루처럼 꼭 필요한 때가 아니면 눈에 잘 띄지 않는다.

주유소는 아담하고 작았다. '24시간 셀프 주유소'라고 적힌 간판 위의 조명 하나가 윙크하듯이 위태롭게 깜빡거리고 있었다. 딱 두 대의 주유기가 앞마당에 설치되어 있었고, 아직도 저런 게 있었던가 싶게 무용지물처럼 보이는 빛바랜 하늘색 공중전화 부스가 한쪽에 서 있었다. 옆에는 커다란 쓰레기통 하나가 세워져 있고, 발치에 부숭부숭 돋아난 풀들이 밤바람에 우수수 흔들리고 있었다. 차 문을 여는 순간, 날카로운 칼바람이 온몸을 덮쳐 와 덜덜 떨며 차에서 내려 주유구를 열고 주유기를 꽂았다. 톡 쏘는 기름 냄새에 머리가 어질어질했다.

'끝나면 빼야지, 끝나면 빼야지, 끝나면 빼야지. 끝나면 빼야지.'

버릇이 참 무섭다고, 어느 정신머리 없는 운전자가 주유기를 차에 꽂은 채 출발하는 바람에 날벼락이 났다는 사고 기사를 읽은 뒤로는 셀프 주유소에서 기름을 채울 때마다 속으로 염불처럼 되뇌는 주문이 이런 때에도 눈치 없이 나타나 머릿속에 울려 댔다. 은근히 외설스럽게 들리지 않냐고 낄낄대던 친구 녀석이나, 이마를 찌푸리며 쳐다보던 지선의 기억도 함께 떠올랐다.

─ 그게 무슨 소리야?
─ 버릇 같은 거야. 이러면 안 잊어버린다고.
─ 꼭 입으로 그렇게 중얼거려야 해?
─ 이게 어때서?
─ 아니, 좀 이상하잖아, 꼭 어린애들처럼······.
─ 넌 항상 그게 문제야.

주유할 때마다 중얼거리는 내 모습이 이상하다며 조그만 입술로 조잘거리던 널 보며 내가 뭐라고 말했더라? 너야말로 애들처럼 유치하다고 빈정댔던가? 그만 좀 비웃으라고 짜증을 냈던가, 머리가 아프니까 조용히 좀 하라고 했던가, 아니면······.

"뺨을 확 후려치는 것 같네, 이 망할 놈의 칼바람!"

갑자기 시야에 뭔가가 훅 들어왔다.

고개를 들어 보니 반대편 조수석 문 앞에 허연 얼굴 하나가 둥둥 떠 있었다. 깜짝 놀라서 뒤로 물러서다가 하마터면 발이 걸려서 나동그라질 뻔했다. 순간 내내 깜빡거리던 간판 조명 하나가 갑자기 툭 꺼졌다. 덕분에 여자의 얼굴에 그늘이 드리워지며 좀 더 선명하게 잘 보였다. 발소리도 못 들었는데, 도대체 어디서 나타난 거지?

갸름한 얼굴에 아무렇게나 풀어 헤친 머리카락. 평범한 생김새였다. 길에서 스쳐 지나가면 기억에 남지 않을 것만 같은 타입이었다. 사실 이 글을 쓰는 지금도 도무지 그 여자의 얼굴이 기억나지 않는다.

"이렇게 입고 나와서 할 말은 아니지만요. 그쪽도 뭐……."

여자가 앙상하게 마른 팔로 어깨를 감싸 안고 덜덜 떨면서 턱짓으로 나를 가리켰다.

"아……."

나는 형편없이 구겨지고 더러운 티셔츠를 내려다보며 어색하게 웃었다.

"급한 일이 있어서요."

"나보다 급하실까."

여자가 어깨를 으쓱했다.

"동생이 가출했는데, 웬 미친놈한테 걸린 모양이에요. 당장 잡으러 가는 길인데, 좀 태워 주세요. 이 길로 도로 쭉 타고 가다가 내려 주시면 돼요."

"네?"

입을 벌리고 멍하니 바라보는데 여자가 씨익 웃으며 손가락으로 주유기를 가리켰다.

"다 됐나 보네. 우선 그거 빼시고요." 그리고 다시 경쾌하게 덧붙였다. "끝나면 빼야지."

뒤이어 후후후훗하고 고개를 모로 돌리고 웃는 모습이 어쩐지 눈에 익었다.

"난 항상 셀프 주유하러 올 때마다 그게 제일 무섭더라. 까먹고 그냥 출발할까 봐. 내가 좀 덜렁대거든요."

손등으로 입을 가리고 정말 재미있다는 듯이 킥킥대다가 눈물까지 닦아 내는 걸 보고 다짐했다. 저 여자를 오늘 밤 내 차에 태울 일은 절대 없을 거라고.

나는 주유기를 제대로 빼서 꽂아 놓고, 주유구를 닫은 뒤, 차문을 열며 최대한 건조하게 말했다.

"죄송하지만, 제가 지금 좀 많이 바빠서. 저도 누굴 데리러 가는 길이라서요. 그냥 택시 불러서 타고 가시죠."

"이 시간에 여기서? 차가 있을 것 같아요?"

"어……."

나는 있지도 않은 손목시계를 찾아 손목을 더듬거리다가 주위를 둘러보았다.

"아니, 그러면 여기까지는 어떻게……."

"걸어왔어요. 별수 있나? 가다 보면 어떻게든 되겠지, 하는 마음으로 우선 나온 거예요."

"이 근처에 사세요?"

여기가 도대체 어디쯤이더라? 길게 이어지는 들판을 따라 드문드문 공장과 물류센터, 버려진 낡은 집들이 이어지는 한적한 곳인데. 가까운 휴게소도 여기서는 아마 한참 걸릴 것이다.

"어디 사는지까지 댁한테 밝힐 이유는 없고."

여자가 야무지게 말했다.

"그렇게 못 믿으면서 이 시간에 아무 차나 함부로 얻어 타겠다는 겁니까?"

"댁은 아무나가 아니잖아요."

여자가 한쪽 눈을 찡긋했다.

"벌써 이만큼 얘기했으면 아는 사이나 마찬가지지, 뭘. 보아하니 나쁜 분도 아닌 것 같고. 속이야 모르겠지만."

대책 없는 여자.

역시 첫인상이 틀리지 않았다. 내가 제일 싫어하는 타입이다. 낯선 남자에게 덥석 말을 걸지 않나, 겁도 없이 차에 타겠다고 우기지를 않나. 이러다가 무슨 문제라도 생기면 전부 내 탓으로 돌리겠지. 괜한 의심만 받을지도 모른다. 아니, 어쩌면 이게 덫

일지도 몰라. 배후에 공범이 있어서 멍청하게 걸려드는 남자를 노리고 일을 꾸며 한탕 하려는 수작이 아닐까? 어느 쪽이든 느닷없이 잠적해 버린 여자 친구를 데리러 가는 길에 동반하기에는 최악의 파트너다.

"미안합니다만……."

"그래서, 여기 그냥 두고 가겠다고요? 이 시간에? 이런 곳에 여자 혼자?"

"그건 제 탓이 아니잖습니까?"

"내가 이 시간에 여기 나와 있는 것도 내 탓은 아니잖아요. 별 미친놈 때문이지."

습하고 차가운 밤공기에 입고 있던 티셔츠가 축축하게 젖어 버려서 몸이 덜덜 떨려 왔다. 지선이도 지금 어느 낯선 곳에서 떨고 있을지 모르는데, 여기서 이러고 있을 시간이 없다. 여자는 아예 차 문 옆에 딱 붙어서 절대 물러서지 않을 태세였다.

"좋습니다. 어디까지 가신다고요?"

"이 길로 쭉 가다가 내려 주시면 된다니까."

여자는 내 대답을 기다리지도 않고 냉큼 문을 열고, 날듯이 차에 뛰어올랐다.

쾅! 조수석 문이 닫히는 순간, 이상하게도 머리에 불이 번쩍하는 느낌이 들었다. 머리 한쪽이 지끈지끈 아파졌다. 뒤이어 다른 쪽도 곧 아플 것 같은 예감이 들었다.

'미쳤어.'

창문을 올리고 히터를 켠 뒤, 다시 고속도로로 진입하면서 내내 마음속으로 중얼거렸다.

'이 여자는 분명히 미쳤어.'

태연한 척 전방을 주시한 채 운전에만 집중하는 척했지만 내 온 신경은 옆자리로 쏠려 있었다. 평범한 흰 티셔츠에 살짝 구겨진 흰색 면바지, 여자는 어깨까지 느슨하게 풀어 헤친 새까만 머리카락 한 움큼을 쥐고 무심하게 갈라진 머리끝을 들여다보고 있었다. 신발은 잘 보이지 않지만, 혹시 맨발인 게 아닐까? 그렇다면 아주 확실하게 쐐기를 박는 건데. 당장 내비를 켜고 근처에 정신병원이나 요양원 같은 게 있는지 알아보고 싶다. 하지만 조심해야 한다. 얼마나 위험한 인물인지는 모르겠지만 어쨌든 이미 태워 버렸으니까. 어차피 가는 길이니 그냥 빨리 달려서 여자를 원하는 곳에 내려 주는 게 낫다. 그 뒤에 신고 같은 걸 하면 책임은 면할 수 있겠지.

'네, 하도 고집을 부리길래 조금 전에 도로변에 내려 줬는데 아무래도 좀 이상해서요. 젊은 여자분이라 걱정도 되고……. 빨리 좀 가 봐 주실 수 있나요? 제가 의사라서 아무래도 신경이 쓰이네요, 하하하.'

 나는 거만한 족속들은 질색이다. 대놓고 어디서든 직업을 말하며 대접받으려고 하는 '잘난 사람'들을 경멸한다. 하지만 때로는 내가 무슨 일을 하는지 밝히는 게 도움이 될 때가 있다. 직업에 귀천이 있는 건 아니지만, 대의를 품은 사람이라면 사회적으로 호감도나 신뢰도가 높은 직업을 갖는 것이 좋다. 그래야 내가 하고 싶은 말에 사람들이 제대로 귀를 기울여 줄 테니까.

 ― 아, 여자 친구가 지금…… 조금 예민해진 상태라서 돌봐 주고 있는 겁니다. 제가 의사거든요.

 그렇게 말하면 모두 우리를 번갈아 보며 미소 지었다. 연인들의 사적인 문제에 쓸데없이 끼어들지 않고 맡겨 두겠다는 듯, 믿을 만한 애인을 둔 아가씨가 부럽다는 듯, 우리 사랑을 이해한다는 듯. 낯선 사람들에게 내 감정을 이해받는 게 중요한 건 아니지만, 그래도 때로는 누군가 알아주길 바랄 때가 있다. 이 지독한…….

 "……지독하게 사랑하시나 봐요?"
 "……네?"

정신을 차리고 옆을 돌아보니 여자가 이쪽을 쳐다보고 있었다. 알람 소리에 놀라서 후다닥 급하게 깨어난 아침처럼 머리가 지끈지끈 아팠다. 아마 차 안을 가득 채운 답답하고 불쾌한 냄새 때문일 것이다. 톡 쏘는 기름 냄새의 여운과 축축한 밤공기 냄새 사이에 뭔가 다른 것이 하나 더 있었다. 뭐라고 해야 할까? 비 오는 날 산에서 맡을 법한 냄새. 질퍽한 진흙에 이겨진 풀 냄새 같은 것이.

"오밤중에 여친을 데리러 열심히 달려가는 걸 보면요."

"아아."

나는 얼른 고개를 다시 돌려 앞만 보며 끄덕였다. 어쩐지 여자의 눈을 쳐다보면 안 될 것 같았다.

"사랑하죠."

그런데…… 내가 데리러 가는 사람이 여친이라고 말을 했었나?

"어디 여행이라도 갔어요?"

"뭐 비슷합니다."

"그렇게 사랑하는데, 왜 덜컥 혼자 가게 내버려 두셨을까?"

"뭐라고요?"

"아니, 좀 우습잖아요. 뭘 믿고 혼자 여행을 보냈어요? 결국 이렇게 득달같이 달려갈 거면서."

"그건……."

미친 여자에게 해 줄 말은 없다. 내 사랑을, 우리 관계를, 그간 있었던 일들을, 지금 상황을 구구절절이 설명하고 싶진 않다. 대충 얼굴만 알던 병원 동료의 소개로 평범하게 만나, 평범하고 소소하게 사랑을 가꿔 온 사이. 가끔은 지선이 철없는 행동으로 나를 힘들게 할 때도 많았지만, 그때마다 사랑이라는 감정 하나로 극복해 온 관계라는 걸, 생판 남인 이 여자에게 들려주고 싶지는 않다.

"그렇게 내버려두면 일 치지."

"뭐라고요?"

"그렇잖아요? 사람은 숨통이 트이면 딴생각 나는 법이거든요. 절대 못 빠져나가게 옆에 꼭 끼고 있어야지. 뭘 믿고 풀어 주셨을까?"

"뭐?"

"절대 한눈팔지 못하게 꽉 잡아 두고 나만 보게 해야지. 아주 으스러지게 껴안아서 아예 숨도 못 쉬게. 그래야 진짜 사랑이라고들 하잖아요."

여자가 까르르 웃었다. 그 목소리, 그 웃음이 못내 거슬렸다. 머리가 지끈지끈 아팠다. 핸들을 잡은 두 손이 허공에 붕 뜬 것 같다. 액셀을 밟고 있는 게 내 발이 아닌 것 같다. 어둠 속에 하얀 실타래처럼 끝없이 풀려 가는 도로 위의 선이 눈앞을 어지럽혔다.

"미친 소리 같겠지만 내 말, 무슨 말인지 알죠? 사랑이란 게 원래 그렇잖아요. 미치면 그렇게 눈이 확 도는 거지. 내 동생도 그게 문제예요. 웬 개새끼한테 낚여서 아주 엉망진창이 됐거든."

답답한 차 안, 기묘한 악취, 그리고 여자의 카랑카랑한 목소리.

숨을 쉴 수가 없다. 차창을 내리려고 버튼을 눌렀지만, 끼익끼익하는 소리만 들릴 뿐 말을 들어 먹지 않는다. 젠장.

"눈이 멀어서 깜빡 속아 버린 거야. 이게 약인지, 독인지도 모르고 삼켜 버린 거지. 불쌍한 계집애."

"이봐요."

간신히 입을 열었지만, 꺽꺽대는 쉰 소리가 나왔다.

"제발 조용히 좀······."

하지만 여자는 이쪽을 돌아보지도 않았다. 숨도 쉬지 않고 끊임없이 지껄일 뿐이다.

"벼랑 끝인 줄도 모르고 내달린 거야. 그래서 확 고꾸라진 거지."

머리가 터질 것만 같다. 이제는 한쪽 눈까지 쿡쿡 쑤시고 아팠다. 불에 달군 꼬챙이로 눈알을 찌르는 것만 같다. 저 시끄러운 입을 틀어막아 버릴 수만 있다면, 사방이 조용해지기만 하면 좀 나을 것 같다.

"정, 정말 사랑하면 그럴 수도 있지. 앞뒤 가리지 않고 돌진하는 겁니다. 이성이 마비되어 버리거든요. 진심으로 자기 걸 지키고 싶다면 그 정도는 되어야 그게 바로 진짜 사……."

중얼대는 내 목소리가 낯설게 들린다.

"개소리." 여자가 코웃음 쳤다. "전부 개소리고 변명이잖아. 지키긴 뭘 지켜."

숨이 턱턱 막힌다. 이젠 양쪽 눈알이 뜨겁게 달아오르다 못해 전부 터져 나갈 것만 같다.

"닥……쳐요."

"뭐라고요?"

"그 입, 좀 닥치라고. 여기서 내리기 싫으면."

"어머, 화나셨나 봐."

여자의 웃음소리가 다시 지끈거리는 머릿속에 울려 퍼진다. 시뻘겋게 쩍 벌어진 입으로 활짝 웃으며 끝없이 지껄여 댄다. 아무것도 모르면서. 우리에 대해, 사랑에 대해 아무것도 모르면서 그 더러운 입을 함부로 놀리지 마. 재고, 계산하고, 따지고, 말짱한 눈으로 세상을 보는 건 사랑이 아니야. 우리는 눈먼 사랑에 목숨을 걸어야 해. 내일은 없을 것처럼 뜨겁게 사랑해야만 해. 다른 사람과 공유하는 건 진짜 사랑이 아니야. 그러니까 보여 줘. 나 말고 다른 세상은 없다는 걸. 너한테는 언제나 나뿐이라는 걸. 나만 있다면 회사도, 가족도, 친구도, 다른 아무것도 필요 없다는 걸 똑똑히 보여 줘 봐, 증명해 봐.

"그놈의 사랑 타령, 참 지겹기도 하지."

사랑, 사랑, 누가 말했나아. 어이구, 그랬쪄요? 그래서 옆에 끼고 있고 싶었쪄요? 맨날맨날 같이 있고 싶었쪄요? 혼자서만 독차지하고 싶었쪄요? 장난감처럼?

여자의 조롱하는 목소리가 노랫가락처럼 흐느적대며 울리자, 눈앞이 흐릿해진다. 저 입을 막고 싶다. 내 귀를 찌르고 싶다. 눈앞 도로 위에 끝도 없이 느슨하게 풀려나가는 저 허연 줄을 저 목에 감아 버리고 싶다. 미친…… 그 입 좀 닥쳐 줄래?

"뭐야, 그게. 자기야말로 혼자서는 아무것도 아닌 주제에, 병신같이. 하하하하하하하!"

낄낄거리는 소리에 돌아보니 여자가 허리를 꺾어 가며 웃고 있었다. 정말로 우스워서 못 견디겠다는 듯 배까지 움켜쥐고 있다. 앞으로 쏟아진 머리카락에 가려 얼굴이 보이지 않았다. 그 웃음소리, 앞뒤로 흔들리는 머리채, 차 안을 가득 채운 역한 냄새.

한 손을 뻗어 그 머리채를 움켜쥐고 확 잡아당겼다.

"끄어어억."

여자가 숨넘어가는 소리를 내며 발버둥 쳤다. 두 손으로 내 손을 할퀴며 머리채를 빼내려고 안간힘을 썼다.

"씨발, 닥치라고 했잖아."

내 목소리는 차분하고 서늘했다.

그날처럼.

한 손으로 핸들을 확 틀어서 갓길에 차를 세웠다.

끼이익. 차가 굉음을 내며 비틀거리다가 쾅 펜스에 부딪히는 바람에 우리 둘의 머리가 고장 난 인형처럼 앞뒤로 흔들렸지만, 손을 놓지 않았다.

"시끄러워서 운전을 할 수가 없잖아. 너 따위가 뭘 안다고 주둥이를 맘대로 놀려."

나는 머리채를 단단히 손에 감고 확 끌어당기며 조수석 쪽으로 몸을 기울였다. 온몸에 체중을 실어서 덮치듯 찍어 누른 뒤 다른 손으로 목을 졸랐다. 손에 힘이 들어갈수록 기분이 점점 나아졌다. 그 눈에 서린 두려움, 손등에 와 닿는 축축한 입김과 점점 서늘해지는 피부까지 모든 게 다 마음에 들었다.

"남의 사랑에 함부로 입 대지 말고 조용히 찌그러져 있어. 걘 영원히 내 거니까. 나만 만지고, 나만 보고, 내 곁에만 있어야 해. 그게 바로 진짜 사랑이야. 너 같은 년은 죽었다 깨어나도 이해 못 해, 그러니 그냥 닥치고 있으라고."

어렸을 때, 아버지를 따라나섰던 낚시터에서 처음으로 메기를 낚던 날, 아직 살아서 파닥거리는 물고기의 머리를 꽉 움켜쥐니 잠잠해지던 게 생각났다. 그래서 손에 더 힘을 주어 꾹 눌렀다. 미세한 떨림이 점점 잦아들고 마침내 온 세상이 고요해질 때까지 꾸욱 누른 채 창밖에서 흔들리는 나뭇가지를 바라보며 콧노래를 불렀다.

*

푸드덕!

두 발이 제멋대로 탭댄스를 추듯 움찔거리는 바람에 화들짝 놀라 몸을 일으켰다. 그제야 내가 운전석 구석에 반쯤 처박혀서 자고 있었다는 걸 깨달았다. 차의 시동은 꺼져 있었고, 이가 위아래로 딱딱 맞부딪칠 만큼 지독하게 추웠다. 두 팔로 몸을 감싸고 벌벌 떨며 주위를 둘러보았다. 도대체 내가 여기에 왜…….

텅 비어 있는 조수석을 보는 순간 갑자기 심장이 미친 듯이 뛰기 시작했다. 그 여자! 내 손바닥 아래에서 펄떡거리던 경동맥의 감촉이 생생하게 떠올랐다. 덮쳐 누른 가슴이 들썩거리던 기억도 난다. 도대체 어디로 간 거지?

차 문을 열고 밖으로 나오자 허옇게 입김이 뿜어져 나올 만큼 지독하게 추웠다. 시커먼 먹빛 하늘에는 달조차 보이지 않았고, 텅 빈 갓길에 세워진 건 내 차뿐이었다. 지나는 차도 없었다. 덜덜 떨며 뒤로 돌아서 몇 미터를 걸어가며 길가를 살펴보았지만, 아무것도 눈에 띄지 않았다. 머리채를 풀어 헤친 여자처럼 바람에 흔들리는 풀과 나뭇가지가 보일 뿐, 괴상한 여자의 흔적 같은 건 어디에도 없었다. 그제야 꽉 막힌 가슴이 탁 풀리면서 숨을 쉴 수 있었다.

그럼 그렇지. 내가 그런 짓을 할 리가 있나. 너무 지쳐서 헛것을 본 거야. 아니면 깜빡 졸았던가. 건실하게 살아가는 사람에게 그런 몹쓸 불행은 닥치지 않는다. 어서 지선이를 찾아서 돌아가자. 그러면 다 해결될 거야. 모든 걸 원래대로 되돌릴 수 있어.

비틀비틀 차에 타서 시동을 걸고 앞으로 나아가려는데 저만치 앞에 허연 그림자가 보였다. 급하게 브레이크를 밟아 버리는 통에 차가 들썩이며 고무 타는 냄새가 코를 찔렀다. 가슴이 쿵쿵 뛰었다.

끝나면 빼야지.

문득 그냥 여기서 차를 돌려야겠다는 생각이 들었다. 이대로 차를 돌려서 돌아가야겠다. 조금이라도 빨리 차를 돌려서 얼른…….

"오빠!"

명랑한 목소리에 정신이 번쩍 들었다. 어느새 조수석 문 앞에 낯익은 얼굴이 다가와 있었다. 어깨까지 내려온 밤색 머리카락, 입가의 조그만 보조개, 낯익은 크림색 스웨터에 청바지.

"왜 이렇게 늦었어? 한참 기다렸잖아."

지선이 차에 타며 툴툴거렸다.

"미, 미안. 일이 좀 생겨서."

말하는 순간, 허연 입김이 뿜어져 나왔다. 분명히 시동을 걸고 히터를 틀었는데, 순식간에 차 안의 온도가 쑥 내려간 것 같았다. 진흙에 짓이긴 듯한 풀 냄새도 한층 더 강해졌다. 지선이를 다시 보기만 하면, 찾기만 하면 너무 반가워서 아무것도 묻지 않고 꽉 끌어안아 줄 거라고 다짐했는데. 가까이 다가갈 수가 없다. 환하게 웃는 얼굴은 변한 게 없는데도 어쩐지 손가락 하나 까딱할 수 없다. 아니, 변한 게 전혀 없는 건 아니다.

"너 목에 그건 뭐야?"

"뭐?"

지선이 시커먼 목의 얼룩에 한 손을 갖다 대며 더듬어 보다가 까르르 웃는다.

"아, 이거? 별거 아니야. 그런데 오빠는 왜 그렇게 떨고 있어?"

"응?"

"무슨 일 있었어?"

"아니야."

"아닌 게 아닌 것 같은데."

지선이 앉은 자리를 더듬거리더니 뭔가를 발견하고 들어 올린다. 긴 까만색 머리카락 몇 가닥. 중간 정도 길이인가? 끝이 좀 갈라져 있나? 아니, 저 정도면 어디서나 볼 수 있는 그냥 흔한 머리카락이잖아.

"누가 여기 탔었어? 여자?"

"아니야."

나는 전방을 주시하며 차를 조심스럽게 출발시킨다.

"얘기는 나중에 하고, 일단 여기서 벗어나자. 우선 차를 돌려야……."

"여기 또 있는데?"

다시 자리를 더듬더니 몇 가닥을 더 집어 올린다. 그리고 또

한 가닥. 다시 한 가닥 더. 이번에는 먼지처럼 엉켜 있는 커다란 뭉텅이가 나온다. 지선의 손에 들린 시커먼 머리카락 뭉치를 보니 내 손이 다시 싸늘해진다. 손바닥 밑에서 쿵쿵 울리던 박동과 꿈틀거리던 목의 핏줄이 떠오른다. 그러면 그게 꿈이 아니었던 거야?

"여기 여자 태웠어?"

"아니야, 그럴 리가."

"맞잖아."

마지막 말에는 웃음이 섞여 있다. 내가 제일 싫어하는 종류의 헛웃음. 뭐든 다 알고 있다는 듯 사람을 한심하게 만드는 그 태도. 바로 그게 얘의 문제점이었다. 사람 빡치게 만드는 그 태도.

"이렇게 여지를 주면 안 되지."

"뭐?"

"오빠 좋다고 들러붙는 여자들을 전부 다 차에 태울 거야?"

"아무 일도 없었어."

"헤프게 흘리고 다니면 어떻게 해. 나만 봐야지. 진짜로 사랑한다면."

"그게 무슨 소리야."

"나한테도 그러지 않았어? 회사 사람들과 밥도 같이 먹지 말

아라. 회식도 빠져라, 쓸데없이 상냥하게 굴지 마라, 웃어 주지 마라. 아니, 아예 회사를 관둬라. 다른 사람들하고는 문자도 주고받지 말아라. 친구들도 전부 끊어 버려라. 가족들 말도 들을 필요 없다. 세상에 나만큼 널 사랑하는 사람은 없으니까."

"야……."

"나만 있으면 다른 건 다 필요 없다며. 나보고도 그래야 한다며? 안 그러면 이 혼란한 세상에서 사랑을 도대체 어떻게 증명할 수 있겠어?"

"진짜 아무 일도 없었다고! 그러니까……."

"그러면 밟아 봐, 아주 세게."

"뭐?"

"오빠 사랑을 증명해 보라고. 그 대단한 사랑을 나한테 보여 줘 봐."

나는 흘끗 옆을 돌아본다. 그제야 지선의 목에 난 상처가 눈에 들어온다. 심한 수전증이 있는 사람이 사인펜으로 어설프게 그려 놓은 선처럼 비뚤비뚤 목을 빙 둘러 가며 난 상처에서 시커먼 물이 흘러내리고 있었다.

"야, 너……."

"계속 가. 더 세게 밟아야지."

지선은 웃고 있었다. 진흙에 짓이긴 풀 냄새가 더욱 진해졌다.

"오빠하고 둘만 꼭 붙어 있고 싶어서 그래."

"씨발."

차를 멈추려고 했다. 브레이크를 밟아 봤지만, 소용없었다. 고무 타는 냄새가 더 심해졌다.

"야……."

"더 밟아. 쭉 달려 봐. 증명해야지."

지선이 활짝 웃자, 목의 상처에서 시커먼 물이 더 많이 흘러내리기 시작했다. 차 안에 역겨운 냄새가 점점 더 심해졌다.

"지선아."

"난 이렇게 다시 돌아왔잖아. 오빠를 그만큼 사랑하니까."

차의 속도가 점점 더 빨라졌다. 핸들을 잡고 돌리려고 해도 말을 듣지 않는다.

"제발."

혀가 목구멍에 붙어 버린 듯, 숨이 막혔다. 꺽꺽대는 소리만 흘러나왔다.

"더 빨리 달려 봐. 그렇게 해서 보여 줘야지."

"뭘?"

"그 대단한 사랑, 헤어질 거라면 죽여서라도 곁에 두고 싶다는 사랑을."

"그건……."

"그날도 그랬잖아. 결국 회사까지 관두게 만들어 놓고, 혼자 좀 쉬고 싶다고 했더니 화를 내며 차 문을 잠그고 무작정 달렸지. 그리고……."

"그리고 애원했지, 너한테."

"너무 힘들다고 제발 헤어지자는 나한테 애원했지. 떠나지 말라고, 영원히 오빠 곁에 있어 달라고. 이렇게 해서라도 곁에 두고 싶다고."

"호강에 겨운 소리라고 했잖아! 다들 나 같은 남자한테 그런 사랑을 못 받아서 안달이라고. 행복한 줄 알아야지."

"이게 행복이라고?"

"아니야, 그럼?"

"맞아, 그런 것 같네."

지선이 웃었다.

평소처럼 킥킥거리자 시커멓게 누덕누덕 기운 목에서 쿨럭거리며 시커먼 물이 더 많이 뿜어져 나오는 게 보였다. 어깨와 허벅지에도 시커먼 얼룩이 천천히 번지기 시작했다.

"덕분에 여덟 조각으로 나누어졌으니, 이 도로 어디든 오빠가 가는 곳마다 내가 지켜보고 있을 거야. 하지만 언니가 날 제대로 못 찾으면 어쩌지?"

"언니?"

"그래, 우리 언니. 말했잖아. 아주 어렸을 때, 병으로 죽어 버린 언니가 있다고. 두 살 터울이었거든. 살아 있었으면 친구처럼 지냈을 텐데. 그래서 힘들 때마다 항상 생각했어. 언니가 있었다면 좋았겠다고. 누군가 제대로 상의할 만한 사람이 필요했거든. 오빠가 말하는 그 과분한 사랑이란 걸 받아도 되는 건지, 내가 호강에 겨워서 헛소리를 하는 건지, 이게 정말 맞는 건지, 헷갈릴 때마다 물어보고 싶었어. 다들 자상한 의사 남친이 그렇게 끔찍하게 사랑해 주니 얼마나 좋겠냐고만 했으니까. 말다툼하다가 오빠가 날 때렸을 때, 경찰조차도 그렇게 말했잖아. 남친이 너무 사랑해서 그런 거니까 이해하라고. 요즘 같은 세상에 그런 과분한 사랑을 받아서 얼마나 행운이냐고."

지선이 킥킥거리자, 목의 상처가 더 깊게 벌어지며 시커먼 물이 줄줄 흘러내렸다.

"우리를 소개해 준 내 친구에게도 차마 터놓고 말 못 하겠더라. 걔도 오빠를 좋은 사람으로만 알고 있으니까. 하지만 언니는 어떻게 알아챘나 봐. 결국 날 찾으러 여기까지 왔잖아. 그러니까 보여 주자, 우리 사랑을. 전속력으로 한번 날아 보자고. 영원히 붙어 있는 거야."

지선이 씨익 웃었다. 이제 검게 변해 버린 잇몸에서도 시커먼 물이 흘러내리고 있었다.

나는 액셀에서 발을 떼려고 몸을 비틀어 보지만, 소용이 없다는 걸 깨닫는다. 이제 다른 길은 없다는 걸 알아차린다. 안간힘을 쓰며 핸들을 돌리려는 내 손 위로 차가운 손이 겹쳐 온다. 그 서늘한 감촉에 온몸이 떨려 온다. 딱딱하게 굳어진 조그만 손의 손톱은 이제 검게 변해 있다. 다른 부분도 마찬가지겠지. 그러니까 저들은 널 쉽게 찾아낼 수 있을 거야.

이게 바로 내 끔찍한 사랑이라는 걸 모두가 알 수 있겠지.

코끝에 진흙 냄새가 난다. 차가 날듯이 미끄러진다. 그리고 마침내 부웅 날아오른다.

"원하는 대로 영원히 오빠를 떠나지 않을게. 옆에 꼭 붙어 있을게. 이제 만족하지?"

<u>흐흐흐훗</u>.

그녀의 명랑한 웃음소리가 귓가에 울린다.

*

차는 인적이 드문 고속도로 갓길에 형편없이 처박힌 채 발견되었대.

운전자는 구겨진 차체에 반쯤 끼인 채 핸들 위에 엎어져 있었고, 차 트렁크 위에는 잘린 여자의 목이 얹혀 있었다지. 희뿌연 새벽빛에 사고 현장을 발견하고 가까이 다가왔던 목격자는 큰 충격을 받고 아직도 병원 신세를 지는 중이라더군.

사체의 나머지 조각들은 도로변에 흩어져 있었대. 사귀는 내내 끊임없이 의심하고 구속하고 때리며 정신적, 육체적으로 학대를 가하던 놈이, 이번에는 기어이 말다툼 끝에 여자를 질식시켜 죽인 뒤, 사건을 은폐하기 위해 시신을 여덟 조각으로 훼손하여 도로변 여기저기 흩뿌려 둔 거야.

"범죄 현장에 다시 찾아오는 미친놈은 많이도 봤다지만, 이번엔 정말 역대급 미친놈이라고 형사들도 혀를 내두르더라고."

부검 결과 이미 일주일 전에 살인을 저지르고 여자의 머리를 트렁크에 싣고 다니면서도 태연하게 피해자 가족들을 속이던 주제에, 왜 갑자기 뒤늦게 현장에 나타나서 덜미가 잡혔는지, 그 머리를 도대체 왜 거기에 올려 두었는지는 모를 일이었다지. 지옥에서 걸려 온 전화를 받았다고 주장했다는데. 그나마 놈의 수첩이 아니었다면 무슨 소린지도 몰랐을 거야. 요즘은 기술이 좋아져서 침대에 누워서도 얼마든지 글을 쓸 수 있잖아. 음성만으로도 글자를 입력할 수 있는 세상이니까.

"잠깐, 그러면 이거 혹시……."
"눈치챘어?"
선배가 오징어 다리 하나를 집어 질겅질겅 씹으며 히죽거렸다.
"이거 그 특실과 관련된 이야기예요?"

이 병원에는 그런 곳이 하나 있다.
지하 3층, 전용 엘리베이터와 특수한 카드키를 통해서만 접근할 수 있는 은밀한 곳.
원장과 최고참인 남녀 간호사 두 명을 제외하면 아무도 들어가지 못하는 곳.
한 층 전체가 견고한 방어 시스템을 갖추고 있어서 어떤 소리도 밖으로 새어 나오지 못하고, 그 누구도 마음대로 나올 수 없다는 곳.
아주 특별한 환자들만 수용된 공간이라고 들었다.

"안 그래도 거기에 어떤 사람들이 있는 건지, 궁금했는데. 이런저런 말들이 많더라고요?"

거기라면 알 것 같네요. 나도 그 환자에 대해 들은 이야기가 있거든요.

"아직도 계속 비명을 질러 댄다죠?"
"그렇다지. 목 아래로 전신이 마비되어서 움직일 수 있는 건 입과 눈뿐이라는데, 목청은 또 굉장하다더라."
"도대체 뭐라고 그런대요?"
"사랑한다고. 이게 바로 진짜 사랑이라고 고래고래 고함친다는데."
"거참 대단한 사랑 납셨네."
"내 말이. 그러니까 모름지기 사랑과 전화, 이 두 가지를 각별히 조심하며 살아야 해. 인생 좆되기 싫으면 말이야. 알았지? 하하하하."

그래, 조심해야지.

사랑이든, 전화든.
생각해 보면 정말 굉장하지 않니?
둘 다 아무리 멀리 떨어져 있어도 결국 목표물을 찾아내서 연결될 수 있잖아.

사실 별생각은 없었어.
그냥 확인해 보고 싶었을 뿐이야.
놈이 분명히 네 행방을 알 것 같아서, 한번 떠보려고 그 새벽에 전화했던 건데.
일이 그렇게 시원하게 풀릴 줄은 몰랐지.
하지만 내가 건 전화는 딱 한 통뿐이었는데.
그다음 전화는 도대체 누가 걸었을까? 정말 두 번째 전화를 받기는 한 걸까?
뭐, 아무래도 상관은 없어.
놈이 그날 밤, 저 혼자 미쳐서 쇼를 했든, 네가 정말 나타나서 도와줬든 그건 별로 중요하지 않잖아.
놈의 숨통이야 언제든 내려가서 끊어 줄 수 있겠지만 그렇게 쉬운 결말은 재미없잖니.
아무도 들어 줄 사람 없는 지하에서 좀 더 오래오래, 그 끔찍하게 뜨거운 사랑을 곱씹게 내버려 둬야지.

 그러니까 나, 이걸로 빚 갚은 거다.
 너희 둘, 소개한 장본인이라는 죄책감에 내내 폐인처럼 살았는데 이제야 숨 좀 쉬겠다.

 따지고 보면 네 덕에 나도 자유로워진 셈이야.
 만나 주지 않는다고 따라다니며 내내 나를 괴롭히던 새끼를 옥상에서 밀어 버릴 용기를 낼 수 있었으니까.
 그 사건으로 이러쿵저러쿵 말들이 많았지만, 덕분에 이렇게 외딴곳까지 흘러와서 그놈 소식을 알게 됐으니 이걸로 우리 둘 다 발 뻗고 푹 잘 수 있게 되었네.

 그러니 지선아, 이제 편히 쉬어.
 언젠가 또 네가 필요해지면 그곳으로 전화할게.
 그럴 일이 없기를 바라지만 어쩌면.
 그래, 아주 어쩌면.

작가의 말

소설, 특히 장르 소설의 미덕은 철저히 '재미'에 있다고 생각하는 사람으로서, 이 앤솔러지의 주제는 반가운 동시에 고민이 많을 수밖에 없었다. 어느 것이 최신 기사인지도 헷갈릴 만큼 매일 많은 여성이 죽어 나가는 현실 속에서, 이런 주제로 '읽는 재미'를 선사하는 스토리를 엮어 낼 수 있을지, 그렇게 해도 되는지 망설여졌다.

그런 부담 때문이었는지 처음에 구상했던 소재로 초고 집필까지 다 해 놓고도, 완전히 다른 아이디어가 떠올라 새롭게 써 내려간 것이 이 작품이다.

피해자의 시점으로 통쾌한 복수를 하는 이야기 대신, 가해자의 시점으로 진행되는 이야기를 쓰기로 한 건, 그들이 주장하는 범죄의 이유가 얼마나 어처구니없는지 알려 주고 싶었기 때문이다. '너무 사랑해서 독점하고 싶었다'고 주장하면서, 마치 자신이 키우는 게임의 캐릭터를 마음대로 삭제하듯 연인을 함부로 죽여 버리는 가해자에 관한 기사를 볼 때마다 '정말 저게 사랑이라고 믿는 걸까?' 하는 의문을 품게 되었고, 그 주장이 얼마나 말도 안 되는 환상이며, 어리석은 궤변인지, 가해자 자신의 광기 어린 입을 통해 직접 깨닫게 해 주고 싶었다.

광인의 머릿속에서 벌어지는 괴상한 악몽을 엿본 느낌으로 엮어 내고 싶어, 액자식 구성과 '특별한 범죄자를 가둬 두는 수상한 정신병원'이라는 배경을 더하니 원래 구상했던 로맨틱 스릴러 대신, 전혀 다른 느낌의 호러 스릴러가 탄생했다.

모쪼록 많은 분께서 조금이나마 통쾌한 마음으로 즐겨 주시길.

그리고 더는 덧없이 희생되는 여성이 없기를, 사랑이라 부를 수도 없는 '광기'에 상처 입고 고통받은 많은 여성이 어두운 그림자를 털어 버리고 회복하시기를 진심으로 기원한다.

- 장세아 -

정명섭

1973년 서울에서 태어났다. 대기업 샐러리맨을 거쳐서 커피를 만드는 바리스타로 파주 출판 도시에서 오랫동안 근무했다. 2006년, 역사 추리 소설 『적패』를 출간하면서 작가의 길을 걷기 시작했다. 역사 소설과 추리 소설, 청소년 소설, 동화, 인문서 등 다양한 분야의 글을 쓰고 있으며 현재까지 앤솔러지의 단편을 포함해서 약 240권의 책을 썼다. 대표작으로는 『재생』, 『기억서점』, 『빙하조선』, 『미스 손탁』, 『유품 정리사』, 『연꽃 죽음의 비밀』, 『온달 장군 살인사건』, 『무덤 속의 죽음』 등이 있다. 2013년 제1회 직지소설문학상 최우수상을 수상했으며, 2016년 부산국제영화제 NEW 크리에이터상을 수상했다. 2020년 「무덤 속의 죽음」으로 제36회 한국추리문학상 대상을 수상했다.

[끝내주는 애라고요. A급이요. VIP들만 상대하는 앤데 운이 좋은 줄 아세요.]

거울 앞에 앉아서 눈썹을 다듬던 강윤지는 담배를 피우며 통화를 하는 오영철의 목소리가 거슬렸다. 담배를 많이 피워서 칼칼해진 목소리도 거슬렸지만 자기를 마치 마트에서 파는 상품처럼 설명하는 것도 마음에 들지 않았다. 하지만 오영철의 심기를 건드렸다가는 가출팸에서 쫓겨날 수 있어서 꾹 참고 화장을 마무리했다. 폴더폰을 소리 나게 탁 접은 오영철이 담배꽁초를 창밖으로 던져 버렸다.

"늦겠다. 서둘러."

"내가 누군지 알아?"

남자의 물음에 의자에 묶여 있던 여성은 힘겹게 고개를 저었다. 집으로 돌아가던 길에 누군가 불러서 돌아보는 순간 정신을 잃어버렸다. 그리고 정신을 차린 그녀는 어두컴컴한 곳에 갇혀 있었다. 가장 먼저 보인 건 어둠을 닮은 구두였다. 그리고 깔끔하게 다림질이 된 바지와 하얀색 와이셔츠가 보였다. 얼굴은 복면 같은 걸 쓰고 있어서 전혀 보이지 않았다. 남자가 다시 자기가 누군지 물었고, 여성은 또다시 고개를 저었다. 창문이 없는 방 같은 곳에 갇혀 있는 것 같았는데 너무 무서워서 생각은커녕 숨도 쉬기 힘들었다. 혹시나 얼굴을 빤히 쳐다보면 위험해질까 봐 고개도 못 들고 있던 그녀의 허벅지에 휴대폰이 떨어졌다.

"얼마까지 낼 수 있어?"

남자의 물음에 그녀는 반사적으로 고개를 들었다. 남자가 다시 얼마까지 낼 수 있냐고 묻자 그녀는 필사적으로 대답했다.

"1, 1억이요. 아니, 2억이요."

"돈 낼 사람 있어?"

남자의 물음에 그녀는 더듬거리며 말했다.

"아, 아빠요. 우리 아빠 돈 많아요."

"그럼 전화해. 내가 계좌 불러 줄 테니까 거기로 돈 보내라고 해. 그럼 풀어 줄게."

남자의 말을 들은 그녀는 살아날 수도 있다는 생각에 눈물이 나도록 기뻤다. 허벅지에 놓인 휴대폰을 잡으려고 했지만 의자 뒤로 손이 묶여 있었다. 그녀가 올려다보자 남자가 대꾸했다.

"잠깐 기다려."

뒤로 돌아간 남자를 곁눈질로 보던 그녀는 아버지에게 어떻게 말을 할까 고민했다. 그 순간 뒷머리에 강한 충격이 느껴졌고, 그것으로 고민은 더 이상 이어지지 않았다.

남자는 그녀의 피와 뇌수가 묻은 망치를 천천히 바닥에 내려놨다. 오함마의 해머를 빼 망치 손잡이에 끼워서 무겁기는 하지만 희생자를 한 방에 보낼 수 있었다. 남자는 충격에 못 이겨 앞으로 고개를 떨군 그녀의 귓가에 대고 속삭였다.

"내가 바로 48시간이야."

하지만 이제 영원히 뭔가를 들을 수 없는 그녀는 아무런 반응도 보이지 못했다. 다만, 눈에 고여 있던 눈물이 허벅지의 휴대폰 화면 위로 떨어졌다. 이번에는 진짜로 손목에 묶인 케이블 타

48시간

이를 칼로 끊은 48시간은 앞으로 푹 쓰러진 그녀의 시신을 질질 끌고 뒤쪽에 있는 욕조에 집어넣었다. 그리고 장갑을 낀 채 염산이 든 통의 뚜껑을 열고 시신 위에 부었다. 벽을 뚫어서 만들어 놓은 환풍기가 살이 녹는 지독한 냄새를 빨아서 밖으로 뱉어 냈다. 48시간은 다른 염산 통의 뚜껑을 열어서 시신이 든 욕조에 부었다. 살과 내장이 다 녹고 남은 머리카락과 뼈는 잘게 부순 다음에 하수구에 버리면 끝이었다.

"이번 작업도 순조로웠네."

기분이 좋아진 48시간은 콧노래를 흥얼거리며 옆에 있던 쇠막대기를 집었다. 그러면서 구석에 삼각대로 고정시켜서 촬영하고 있는 휴대폰 쪽을 돌아보며 손가락으로 V자를 그렸다. 그리고 다음 목표물을 어떤 식으로 끌고 와서 처리할지 생각하며 쇠막대기로 시신을 녹이고 있는 욕조 속의 염산을 저어 주었다.

반지하에서 나온 둘은 빌라 주차장에 있던 오토바이를 탔다. 뒤에 달린 리어백에서 꺼낸 헬멧을 쓴 강윤지는 역시 헬멧을 쓰고 오토바이 시동을 건 오영철의 허리에 손을 둘렀다. 꽉 잡으라는 말을 한 오영철은 빠른 속도로 주차장을 빠져나왔다. 보행기를 끌고 골목길을 걷던 할머니가 놀라서 쳐다보는 시선이 옆으로 스쳐 지나갔다. 큰길로 나온 오토바이는 강남으로 향했다. 신호에 걸려서 잠깐 멈춘 사이 오영철이 헬멧을 벗고 강윤지를 바라봤다. 중학교 때부터 알고 지낸 오영철은 껄렁한 말투와 싸가지없는 성격의 소유자였다. 그래도 은근히 잘 챙겨 주고 얼굴이 잘생겨서 견딜 만했다. 주변을 살펴보던 오영철이 강윤지를 쓱 돌아봤다.

"한 1년만 더 조건 하고 나랑 가게 하자."

"무슨 가게?"

"뭐든, 마라탕이나 양꼬치."

"너 장사할 수 있어?"

강윤지의 물음에 오영철이 피식 웃었다.

"못 할 건 또 뭔데?"

"그 승질머리로 참 장사 잘하겠다. 송충이는 솔의 눈을 먹으라는 속담 몰라?"

"솔의 눈이 아니라 솔잎이겠지."

때마침 신호가 바뀌면서 더 망신을 당하지는 않았다. 헬멧을 다시 쓴 오영철은 빵빵거리는 뒤차를 향해 가운뎃손가락을 들어 올리고는 오토바이를 출발시켰다. 둘 다 이제 열일곱 살이 되었고, 가출한 지는 2년째였다. 엄마와 재혼한 새아빠의 추근거림을 피해 가출을 감행한 강윤지는 오영철의 가출팸에서 지냈다. 비록 조건 만남을 하면서 먹고살아야 했지만 집에서 새아빠의 구박과 추근거림, 그리고 그걸 묵인하는 엄마의 차가운 시선을 견디는 것보다 훨씬 마음이 편했다.

조건 사기를 칠 때도 있었는데, 미성년자가 아닌 척하고 조건 만남을 하러 가면 가출팸 친구들이 우르르 몰려와서 협박을 하는 것이다. 강윤지가 또래보다 성숙해 보여서 화장을 짙게 하면 미성년자로 보이지 않았다. 조건 만남을 하는 남자들 대부분 사회적 지위가 있었기 때문에 달라는 대로 돈을 줄 수밖에 없었다. 온갖 거드름을 피우며 폼을 잡던 손님들이 아내에게 제발 말하지 말아 달라며 팬티 바람으로 무릎을 꿇고 싹싹 비는 모습을 보는 건 정말 재미난 일이었다. 그리고 두둑하게 뜯어낸 돈으로 주머니를 채우는 일도 행복했다. 그런데 오영철이 무슨 바람이 들었는지 자꾸 같이 장사하자는 얘기를 했다. 지금이 편하고 행복했던 강윤지는 크게 신경 쓰지 않았다.

강남으로 넘어간 오토바이는 곧장 새로 조성된 신도시 외곽의 대형 지식산업센터 앞에 멈췄다. 오토바이를 세운 오영철은 헬멧을 벗고 허허벌판에 외롭게 서 있는 지식산업센터를 올려다봤다. 오토바이 뒷좌석에서 내린 강윤지는 헬멧을 벗고는 머리를 가볍게 흔들었다. 단골 미용실에서 파마한 머릿결이 바람에 흩날렸다. 손거울을 꺼내서 얼굴을 살펴본 강윤지가 오영철을 바라봤다.

"대낮인데도 사람이 없네. 왜 하필 이런 데야."

"고객이 원하는 곳이라서."

뭔가 찜찜하긴 했지만 빨리 끝내고 나오면 된다고 생각한 강윤지가 물었다.

"몇 호야?"

"1423호. 비밀번호는 1423."

"누군데? 이상한 변태는 아니지?"

"변태면 어때. 돈을 많이 주는데."

2년 동안 조건 만남을 하면서 별의별 인간들을 다 만나 본 강윤지는 오영철의 대꾸에 토를 달지 않았다. 손거울을 핸드백에 넣은 그녀가 지식산업센터를 올려다봤다.

"한 시간 있다가 전화해. 내가 곧 나간다고 하면 바로 올라오고, 30분 있다가 나간다고 하면 그냥 기다려."

"오케이."

"오늘은 조건 사기 안 칠 거지?"

마지막으로 치마를 살펴본 그녀의 물음에 오영철이 고개를 저었다.

"오늘은 쳐들어가지 않을 테니까 재미 보고 와."

"늙다리랑 무슨 재미를 봐."

코웃음을 친 강윤지가 지식산업센터로 걸어갔다. 텅 빈 1층에는 임대 문의라는 글씨가 적힌 종이만 보였다. 주변에도 다른 건물이나 집들이 거의 안 보이는 걸 보면 아무래도 위치를 너무 외진 곳에 잡은 것 같다고 생각하며 강윤지는 회전문을 열고 들어갔다. 내부도 텅 비어 있어서 살짝 무서울 정도였다. 2층으로 올라가는 에스컬레이터를 지나자 엘리베이터가 보였다. 위로 올라가는 버튼을 누르고 잠시 기다리자 문이 열렸다.

강윤지가 지식산업센터의 회전문 안으로 빨려 들어가는 걸 본 오영철은 담배를 하나 물고 불을 붙였다. 그리고 다른 손으로 재킷 주머니에 들어 있던 휴대폰을 꺼내서 귀에 댔다.

들어갔어요.

상대방의 대답을 들은 오영철이 담배 연기를 길게 뿜어내면서 대꾸했다.

알아서 잘 처리하고 나한테 불똥 안 튀게만 해 줘요. 돈 확실히 챙겨 주는 거 잊지 마시고.

상대방의 대답을 듣느라 정신이 팔렸던 오영철은 뒤쪽으로 파란색 덤프트럭이 빠른 속도로 달려오는 걸 눈치채지 못했다. 클랙슨을 울리지도 않은 덤프트럭은 전화 통화를 하느라 뒤늦게 고개를 돌린 오영철을 그대로 집어삼켰다. 부서진 오토바이의 잔해와 함께 담배를 쥔 손이 지식산업센터 앞에 떨어졌다. 뒤늦게 멈춘 덤프트럭에서 야구 모자를 푹 눌러쓴 남자가 내려서는 자신이 깔아뭉갠 오토바이와 오영철의 잔해를 확인하고는 어디론가 전화를 걸었다.

14층에서 내린 강윤지는 저도 모르게 눈살을 찌푸렸다.
"여기 왜 이래?"
보통 조건 만남은 상대방이 잡아 놓은 호텔이나 오피스텔을 주로 사용했다. 그런데 이곳은 아무도 없는 싸늘한 느낌이 너무 강했다. 살짝 휘어진 복도는 한낮임에도 천장의 전구가 다 켜지지 않아서 어둑했다. 그냥 빨리 끝내고 돌아가자는 생각에 강윤지는 살짝 휘어진 복도를 천천히 걸어갔다. 1423호 앞에 서서 오영철이 알려 준 전자 도어록 비밀번호를 눌렀다. 삐빅거리는 소리와 함께 안으로 문이 열렸다. 조심스럽게 안쪽을 살핀 강윤지는 고개를 갸웃거렸다.

"뭐야?"

바닥에는 카펫이 깔려 있고, 침대나 다른 가구들은 보이지 않았다. 불안한 기분이 든 그녀가 멍하게 서 있는 와중에 갑자기 문 뒤에서 손이 뻗어 나와 그녀의 팔을 잡아끌었다. 비명을 지를 사이도 없이 안으로 끌려 들어간 그녀는 등에 강한 충격을 받고는 그대로 기절해 버렸다. 작년에 술에 취해 난동을 부리다가 경찰의 테이저 건에 맞았을 때의 충격과 비슷했다.

정신을 잃었던 강윤지는 귀에서 들리는 웅웅거리는 소리에 서서히 깨어났다. 온몸이 몽둥이에 두들겨 맞은 것처럼 축 늘어진 채 기운이 하나도 없었다. 주변을 살짝 돌아보니 달리는 자동차의 조수석에 앉아 있었다. 눈에 안대나 복면 같은 게 씌워지지는 않았지만 손과 발은 하얀색 케이블 타이로 묶여 있었고, 안전벨트가 채워져 있었다. 차츰 정신이 돌아오자 웅웅거리던 소리가 명확하게 들렸다. 자동차의 라디오 소리였다.

[다음 뉴스입니다. 최근 대한민국을 공포에 빠트린 연쇄 살인마 48시간이 자신이 최근에 저지른 범죄를 다크웹을 통해 공개해 큰 충격을 주고 있습니다. 소식통에 따르면 48시간이 결박되

어 있는 피해 여성의 뒤통수를 망치로 가격해서 살해한 후 욕조에 넣고 염산으로 추정되는 액체를 붓는 장면이 나온다고 합니다. 경찰은 사건을 접수한 후 해당 다크웹을 폐쇄하는 조치를 취했지만 영상은 이미 퍼진 것으로 보입니다. 경찰은 SNS 업체와의 협조를 통해 살해 영상이 공개되지 않도록 조치를 취한다고 발표했으며, 누리꾼들에게 영상을 적극적으로 찾아서 보거나 유포하는 행위를 하지 말아 줄 것을 요청하였습니다. 다음 뉴스입니다.]

운전석 쪽에서 뻗어 나온 장갑 낀 손이 버튼을 누르면서 라디오가 꺼졌다. 강윤지가 자연스럽게 바라보자 브레이크와 액셀 위에 놓인 검정색 구두가 가장 먼저 눈에 들어왔다. 시선을 올리니 검정색 양복바지가 보였다. 그리고 하얀색 와이셔츠에 가죽 장갑을 낀 손이 핸들을 잡고 있었다. 차마 얼굴을 볼 용기가 나지 않아서 시선을 다시 거둔 강윤지의 귀에 낯설고 카랑카랑한 목소리가 들렸다.

"정신이 들어?"

상황에 맞지 않는 경쾌한 목소리에 강윤지는 고개를 들었다. 목소리의 주인공은 말끔한 얼굴의 젊은 남자였다. 수술로 세운 오뚝한 콧날 아래 살짝 휘어진 입술이 보였다. 자신을 바라보는 강윤지를 본 젊은 남자가 히죽 웃었다.

"지금 상황이 잘 이해가 안 가지? 쉽고 간단하게 알려 줄게. 넌 신도시에 새로 만들어진 지식산업센터 1423호로 들어갔다가 기다리고 있던 내가 전기 충격기를 갖다 대면서 쓰러졌어. 나는 축 늘어진 너를 어깨에 메고 지하 4층 주차장으로 내려와서 이 차에 실은 거지, 요약하자면."

남자가 흥이 넘치는 목소리로 말했다.

"너는 납치당한 거야, 나한테."

"왜요?"

강윤지의 물음에 남자는 껄껄거렸다.

"스트리트에서 오래 생활해서 그런지 좀처럼 놀라지를 않네, 어."

"나 가출한 지 2년째예요. 우리 엄마 아빠는 내 번호도 지웠을 걸요? 그러니까 협박할 생각 하지 마요. 영철이도 돈이 없어요. 술 마시고 노느라고요."

"진짜 배짱 하나는 끝내주네. 보통 납치당했다고 하면 다들 울고불고 난린데 말이야."

강윤지는 여전히 겁이 나지 않았다. 가출하고 지내면서 온갖 일들을 겪었고, 그중에는 끔찍한 일도 종종 있었다. 가출팸 리더 오영철이 나서서 처리해 주긴 했지만 놀라거나 두려운 적은 없었다. 그냥 귀찮고 짜증 나는 게 전부였다. 지금도 납치당한 이유와 상대방이 궁금할 뿐이었다. 강윤지의 대답을 들은 남자가 고개를 절레절레 저었다.

"너 지금 48시간한테 납치당한 거야. 왜 48시간이라고 부르는지는 알지?"

고개를 끄덕거린 강윤지가 대꾸했다.

"피해자를 납치하고 48시간이 지나면 죽여서 그런 거잖아요."

"맞아. 내가 48시간이고 너를 납치한 거야. 그 얘긴 네 수명은 이제 40시간 조금 넘게 남았다는 뜻이지."

자신이 살인범이라고 얘기하는 남자의 표정과 말투는 애인에게 어디 놀러 가자고 말하는 것 같았다. 어이가 없어진 강윤지가 물었다.

"나를 왜 납치한 거예요? 나 미자라고요, 미성년자."

"너 같은 애는 사라져도 아무도 모르잖아. 부모님도 안 찾을 거고, 가출팸은 가족이 아니니까 없어져도 적극적으로 찾지는 않을 거야."

"영철이는 끝까지 날 찾을 거예요."

강윤지의 대꾸에 자신이 48시간이라고 얘기한 남자가 혀를 찼다.

"걔가 널 챙긴 건 돈을 벌 수 있어서 그런 거뿐이야. 남자가 하는 말을 다 믿지 말라고."

"그나저나 나 끌고 나온 거 CCTV에 다 찍혔을 거 같은데요?"

"아, 걱정 마. 거기 시공사가 부도가 나는 바람에 CCTV 같은 건 하나도 설치하지 못했어. 거기다 입주한 사람도 별로 없어서 사람이랑 마주칠 일도 없고 말이야. 주변도 조용했고, 영철이가 오토바이를 세운 곳도 주변에 CCTV가 없는 데야. 너도 안으로 들어와서 14층까지 올라올 때 누구 봤어?"

잠깐 생각하던 강윤지가 고개를 저었다.

"없었어요."

"그래서 거길 선택한 거야. 아무도 없는 곳."

"죽일 거면 거기서 죽이지 왜 차를 태우고 강원도까지 가는 거예요?"

강윤지의 이번 물음에 남자는 살짝 놀란 눈치였다.

"거기로 가는지는 어떻게 알았어?"

"어떻게 알긴요. 표지판 봤으니까 알죠."

그녀의 대답에 자신을 48시간이라고 말한 남자가 고개를 절레절레 저었다.

"진짜 너 같은 애는 처음 본다. 두고두고 기억날 거 같아."

얘기를 마친 남자가 강윤지가 앉아 있는 조수석 앞 대시보드를 열었다. 거기에는 스타워즈에 나오는 광선검 손잡이처럼 생긴 전기 충격기가 있었다. 그걸 집은 남자가 켠 다음에 주저없이 강윤지의 팔뚝에 갖다 댔다. 큰 충격을 받은 강윤지는 아까처럼 정신을 잃었다.

그녀가 다시 정신을 차렸을 때는 차가 이미 멈춘 상태였다. 주변도 완전히 어둑하지는 않았지만 햇살은 많이 약해졌다. 강윤지는 이번에는 눈을 뜨지 않고 계속 정신을 잃고 있는 척했다. 살아남기 위해서는 상대방을 방심하게 만들어야만 했다. 잠시 후, 조수석의 문이 열렸다. 싸늘한 공기와 함께 밀고 들어온 손이 안전벨트를 풀었다. 그리고 강윤지의 겨드랑이 사이에 팔을 끼워 넣고는 어디론가 질질 끌고 갔다. 일부러 몸에 힘을 뺀 강윤지는 실눈을 떴다. 하지만 고개를 돌릴 수 없어서 축 늘어진 두 발만 보였다.

어떤 건물로 들어갔는지 어두컴컴한 복도를 지나서 한참을 끌려갔다. 방향이 틀어지면서 방 안으로 들어갔는데 바닥에 물이 고여 있어서 저도 모르게 비명을 지를 뻔했다. 하지만 꾹 참았고 버틴 그녀의 몸은 의자에 앉혀졌다. 헉헉거리는 남자의 숨소리를 들으며 도망치려고 했지만 팔은 둘째치고 발목에 감긴 케이블 타이 때문에 포기해야 했다. 48시간이라고 자신을 소개한 남자는 의자에 앉혀진 강윤지의 몸을 테이프 같은 걸로 둘둘 감았다. 그리고 얄미운 목소리로 얘기했다.

"이제 그만 눈 떠도 돼."

어떻게 알았지라고 생각하는데 남자가 키득거리며 웃는 소리가 귓가를 파고들었다.

"끌고 오면서 정신을 차렸다는 건 이미 알았지."

눈을 뜨고 고개를 든 강윤지 앞에서 입으로 뜯은 테이프를 든 남자가 씩 웃었다. 그걸 본 강윤지가 쏘아붙였다.

"30시간 넘게 이렇게 묶어 둘 거예요?"

기묘한 표정을 지은 남자가 강윤지의 주변을 빙빙 돌았다. 그리고 타일이 잔뜩 붙은 오른쪽 벽으로 갔다. 그러고 보니 목욕탕처럼 벽에 타일이 붙어 있는 게 보였다. 벽에는 창문이 하나도 없어서 복도를 따라 들어온 빛이 희미하게 남아 있을 뿐이었다. 걸음을 멈춘 남자가 강윤지의 어깨에 손을 올렸다.

"여긴 버려진 병원 안에 있는 수술실이야. 그래서 바닥이랑 벽에 타일이 잔뜩 붙어 있지. 피랑 물이 스며들지 않게 하려고 말이야. 인간이 죽음과 맞닥뜨리는 곳이자 죽음이 인간을 마중 나오는 곳이기도 하지."

뜬금없이 문학적인 설명으로 끝내자 강윤지가 남자를 바라봤다. 그러자 48시간이라고 자신을 소개한 남자가 어깨를 으쓱거렸다.

"원래 시인이 되는 게 꿈이었어."

강윤지가 멍하게 바라보자 남자는 구석에 던져진 낡은 비닐 우의를 펼쳐서 머리서부터 뒤집어썼다. 그리고 마스크까지 꺼내서 썼다. 그걸 본 강윤지가 물었다.

"아직 시간 많이 남지 않았어요?"

입과 코를 가린 마스크를 벗어서 한쪽 귀에 건 남자가 강윤지에게 다가왔다.

"사실은 말이야."

그가 말을 이어 가려는데 뒤쪽에서 쿵 하는 소리가 들렸다. 놀란 두 사람이 동시에 쳐다봤다. 그곳에는 작은 문이 하나 있었는데 거기서 들린 것이다. 이번에는 남자가 더 놀랐는지 숨을 들이켰다. 강윤지가 남자를 올려다봤다.

"일행 있어요?"

남자는 아무 대꾸도 하지 않은 채 입고 있던 비닐 우의를 벗어

던지고는 천천히 문 쪽으로 걸어갔다. 가면서 발목에 차고 있던 칼을 손에 쥐었다. 벽에 바짝 붙은 남자가 천천히 문고리를 돌렸다. 그러자 문이 활짝 열리면서 어둠이 모습을 드러냈다. 그곳을 뚫어지게 응시하던 강윤지가 벽에 바짝 붙은 남자에게 말했다.

"아무것도 없어요."

그러자 남자가 고개를 조심스럽게 내밀어서 문 안쪽을 살폈다. 그러고는 조용히 중얼거렸다.

"왜 없는 거지?"

"원래 연쇄 살인마는 혼자 다니는 거 아니에요?"

강윤지의 물음에 남자는 얼굴을 찌푸린 채 조용히 하라는 손짓을 했다. 하지만 강윤지는 개의치 않고 떠들었다.

"어차피 죽일 거잖아요. 내가 왜 아저씨 말을 들어야 하는데요?"

남자가 짜증 난 표정을 지으며 강윤지 쪽으로 걸어왔다. 하지만 몇 걸음 걷자 문에서 불쑥 나타난 누군가가 남자를 덮쳤다. 지켜보던 강윤지가 비명을 질렀다. 밑에 깔려서 발버둥 치던 남자가 겨우 몸을 빼냈다. 그리고 반격할 줄 알았는데 갑자기 자신을 뒤에서 덮친 상대방을 뻔히 바라봤다.

"야! 동욱아! 무슨 일이야."

자세히 보니 남자를 덮친 쪽은 축 늘어져 있었다. 그리고 뒤통수에서 피가 계속 흘러나왔다. 남자는 동욱이라는 이름을 부르며 계속 살폈지만 동욱이라고 불린 상대는 꼼짝도 하지 않았다. 지켜보던 강윤지가 소리쳤다.

"그 사람 죽은 거 같아요."

남자는 그때야 상대를 부르는 걸 멈추고 강윤지를 바라봤다. 강윤지는 자신을 바라보는 남자의 어깨 너머 복도에 무언가 어른거리는 것을 봤다. 처음에는 얼룩처럼 보였지만 그다음에는 차츰 사람의 모습으로 보였다. 놀란 강윤지가 소리쳤다.

"저, 저기 뒤에 누가 있어요!"

강윤지의 외침을 들은 남자가 몸을 돌렸다. 그리고 다가오는 누군가를 보고는 외쳤다.

"너 누구야?"

어둠 저쪽에서는 아무런 대답도 들리지 않았다. 오직 기괴한 숨소리와 발걸음 소리만 들릴 뿐이었다. 남자는 손에 든 칼을 휘두르며 문 너머의 어둠으로 사라졌다. 잠시 싸우는 소리가 들렸다. 그리고 짧은 비명과 함께 뭔가 떨어지는 소리가 들렸다. 지켜보던 강윤지의 눈에 남자가 보였다. 한쪽 어깨를 축 늘어뜨린 남자는 비틀거리며 힘겹게 문을 닫았다. 그리고 아까 강윤지를 끌고 왔던 곳으로 걸어갔다. 그걸 본 강윤지가 소리쳤다.

"아저씨! 저도 데려가야죠!"

하지만 남자는 뒤도 돌아보지 않고 그녀를 끌고 왔던 곳으로 나가 버렸다. 닫혀 버린 문에서 요란한 소리가 들렸다. 뭔가 묵직한 걸로 때리는지 문이 조금씩 흔들거렸다. 강윤지는 아까와는 다른 공포감에 휩싸였다. 문 너머의 존재는 진짜 자기를 죽일 것 같았기 때문이었다. 그 상황을 지켜보던 강윤지는 문이 차츰 찌그러지고 밀려나는 것을 보고는 마른침을 삼켰다. 이제 조금만 더 맞으면 문이 부서질 것 같았다. 마지막이라고 생각하는 순간, 남자가 돌아왔다. 주머니에서 꺼낸 작은 칼로 강윤지의 손과 발을 묶은 케이블 타이를 끊은 남자가 힘겹게 물었다.

"너, 휴대폰 없어?"

어처구니가 없어진 강윤지가 남자를 쏘아봤다.

"그건 아저씨가 더 잘 알지 않아요?"

"아, 생각해 보니까 오다가 버렸네."

강윤지가 문 앞에 쓰러진 남자의 동료를 쳐다봤다.

"저 사람은 가지고 있지 않을까요?"

남자는 한쪽 어깨를 다른 손으로 부여잡은 채 그쪽으로 걸어갔다. 하지만 몇 걸음 걷기도 전에 문이 부서져 버렸다. 문 너머에는 어둠보다 더 어두운 존재가 서 있었다. 어처구니없게도 강윤지를 납치한 남자처럼 구두에 양복바지, 그리고 하얀 셔츠 차림이었다. 강윤지를 풀어 준 남자는 아까처럼 싸울 생각은 하지 않고 그냥 돌아서서 조금 전에 도망친 복도로 나갔다. 그녀 역시 남자를 따라 복도로 나왔다. 복도 끝에 그들이 타고 온 차가 보였다. 강윤지가 숨을 헐떡거리며 뛰어가는 남자에게 외쳤다.

"저거 타고 도망쳐요!"

"안 돼! 그 새끼가 타이어를 다 펑크 내 놔서 꼼짝도 안 해."

"그래서 다시 돌아온 거예요? 휴대폰 있는지 물어보려고요?"

얼굴을 찡그린 채 고개를 끄덕거린 남자가 대꾸했다.

"아까 너무 어두워서 조명을 켰다가 한 대 맞고 떨어뜨렸어."

"저 새끼는 누구예요?"

남자가 대답하려는 순간 뒤에서 소리가 들렸다. 고개를 돌리자 복도로 나온 그림자가 보였다. 강윤지가 남자에게 외쳤다.

"밖으로 도망쳐요."

"안 돼. 여긴 진짜 첩첩산중이라 차가 없으면 소용없어."

고개를 저은 남자가 뒤를 돌아봤다. 강윤지가 펑크가 나서 주저앉은 차를 보면서 말했다.

"펑크가 나도 굴러가기는 할 거 아니에요."

"소용없어. 저놈이 대문을 닫아 놨어. 우린 여기 완전히 갇혔어."

 남자의 절망스러운 대답을 들은 강윤지가 주변을 돌아봤다. 첩첩산중이라는 말이 딱 들어맞을 정도로 주변은 높은 산과 우거진 나무들이 포위하고 있었다. 그리고 콘크리트로 지은 요상하게 생긴 건물들이 보였다. 일반적인 건물은 아니고 지붕의 각도부터 생김새가 남달랐다.

 "여긴 대체 뭐 하는 곳이에요? 병원이라면서요."
 "정신병원이야, VIP들만 오는."
 "씨발, 무슨 건물을 이렇게 정신 사납게 만들었어요."
 "일단 피하자, 저쪽으로."

 남자는 강윤지에게 다른 입구를 가리켰다. 버려진 정신병원은 두 개의 건물이 나란히 붙은 형태였는데, 두 개는 구름다리 같은 걸로 연결되어 있었다. 강윤지는 방금 나온 곳 말고 다른 건물을 가리켰다. 남자와 함께 안으로 들어간 강윤지는 주변을 돌아봤다. 별다른 장식이 없는 삭막한 로비는 좌우의 복도와 이어져 있었다. 아직 해가 떨어지지 않았지만 창문이 별로 없어서 코앞도 안 보일 정도로 어두컴컴했다.

 "저기요!"

 강윤지가 오른쪽 복도를 가리키자 남자는 계단을 바라봤다.

"2층이 낫지 않겠어?"

"얼른 숨어야죠. 따라와요."

강윤지는 오른쪽 복도로 가다가 문짝이 떨어져 나간 방 안을 살폈다. 구석에 이름을 알 수 없는 의료기기와 비닐 그리고 박스들이 어지럽게 널려 있었다. 강윤지는 남자를 창가 앞에 쌓인 박스 더미 속에 숨기고, 자신은 침대 밑에서 비닐봉지를 뒤집어썼다. 잠시 후, 발걸음 소리가 들렸다. 찢어진 비닐 틈으로 문 쪽을 쳐다본 강윤지의 눈에 먼지와 피가 묻은 구두가 보였다. 문 앞에 선 구두의 방향이 방으로 향하는 걸 본 그녀는 아랫입술을 살짝 깨물었다.

구두코는 방 입구에서 멈췄다. 아마 내부를 살펴보는 것 같았다. 안으로 들어오면 들킬 것 같다는 생각에 강윤지는 처음으로 공포를 느꼈다. 진짜로 사람을 죽일 것 같은데, 죽여도 그냥 곱게 죽이지는 않을 것 같았다. 강윤지는 혹시 숨소리가 들릴까 봐 손으로 입을 틀어막았다. 제발 가라는 간절한 마음과는 달리 구두코는 마치 사냥개가 먹잇감의 냄새를 맡은 것처럼 고개를 방 안쪽으로 움직였다.

바닥의 타일 같은 걸 밟자 부스럭거리는 소리가 굉장히 크게 들렸다. 심장이 멎을 것 같던 강윤지의 눈에 점점 다가오는 구두코가 보였다. 이제 몇 걸음만 더 걸으면 바로 코앞까지 올 것 같았다. 잠깐 도망칠까 생각해 봤지만 멀리 갈 수 있을 것 같지 않았다. 들키지 않기만을 바라면서 숨죽이고 있는 와중에 구두코는 숨어 있는 침대 바로 앞까지 다가왔다. 그리고 천천히 피 묻은 해머가 내려와서 바닥에 닿았다. 특이하게도 오함마라고 부르는 해머가 망치 손잡이에 끼워져 있었다.

바닥을 찍은 해머를 쥔 손이 보였다. 평범하기 그지없는 손을 멍하게 바라보는데 천천히 침대 아래로 눈이 내려왔다. 강윤지가 있는 쪽을 보는 건 아니었고, 시선은 창가로 향해 있었다. 불과 1미터도 안 되는 거리에서 본 눈은 감정은 한 조각도 찾을 수 없게 텅 비어 있었고, 살육으로 가득 차 있었다. 진짜 살인을 아무렇지도 않게 저지를 것 같은 눈이었다. 강윤지는 저도 모르게 비명을 지르려고 했다.

그때, 창문 아래에서 박스를 뒤집어쓴 채 숨어 있던 남자가 먼저 움직였다. 벌떡 일어난 그는 박스를 집어 던지고는 창문을 넘어서 도망쳤다. 그러자 망치를 든 남자도 도망친 남자를 따라서 창문으로 다가갔다. 강윤지는 남자가 망치로 창틀의 잔해를 부수고 넘어가는 걸 멍하게 바라봤다. 잠깐이었지만 긴장감 때문에 미칠 것만 같았던 강윤지는 지쳐서 축 늘어졌다. 도망칠까 생각해 봤으나 실행에 옮길 힘이 없었다. 결국 비닐을 뒤집어쓴 채 그대로 축 늘어져 버렸다. 그러면서 잠이 든 건 아니지만 꼼짝도 할 수 없는 암전 같은 상태가 이어졌다.

'불과 반나절 사이에 삶이 확 바뀌었네.'

가출해서 조건 만남을 하는 삶이 평범한 삶은 아니지만 낯선 장소에서 살인마에게 쫓기는 것보다는 훨씬 단조로운 삶이었다. 그런데 수다쟁이 살인범에게 납치당하면서 일이 복잡하게 꼬였다. 원래 겁이 없는 성격이긴 했으나 긴장이 풀어진 탓인지 자꾸만 졸음이 오자 강윤지는 손등을 꼬집으면서 잠을 쫓았다. 시간이 서서히 흘러갔다. 밖으로 나가서 주변을 살펴볼까 하는 생각이 들었지만 뭐가 있을지 모르는 상황이라 꾹 참았다. 얼마인지 알 수 없는 시간이 흐르고 갑자기 문 쪽에서 발걸음 소리가 들렸다. 그리고 지긋지긋한 검정색 구두가 보였다.

'씨발! 다시 돌아왔네.'

강윤지가 숨어 있던 방 안으로 거침없이 들어온 검정색 구두는 이번에도 그녀가 숨어 있는 침대 앞에서 멈췄다. 진짜 끝이라고 생각한 그녀의 귀에 낯익은 목소리가 들렸다.

"아직도 여기 있니?"

목소리의 주인공은 자신을 여기로 납치한 남자였다. 더없이 반가움을 느낀 그녀가 얼른 비닐을 벗고 대답했다.
"네. 안 잡혔어요?"
"다행히 따돌렸어. 숨어 있을 만한 곳을 찾았으니까 따라와."
강윤지는 아직도 어깨를 부여잡고 있는 남자를 따라 복도로 나왔다. 아까와는 비교할 수 없을 정도로 짙은 어둠이 복도를 빼곡하게 메우고 있었다. 그 안을 지나서 한참 걷자 위로 올라가는 계단이 보였다. 계단 역시 바닥의 인조 대리석이 깨진 상태였다. 소리가 나지 않게 조심하며 계단을 오르자 아까처럼 긴 복도가 나왔다. 남자는 다시 위로 올라갔다. 계단참을 돌아서 올라가자 녹슨 철문이 있었다. 닫힌 줄 알았는데 살짝 열려 있었다. 어깨를 다친 남자가 멀쩡한 손으로 천천히 철문을 열었다. 철문 바깥은 아까 낮에 봤던 기울어진 지붕이었다. 문 근처에는 공사를 하다 남은 자재들이 쌓여 있었는데 남자가 그쪽을 가리켰다.
"저기 있는 걸로 여기 문을 막으면 버틸 수 있을 거 같아."
강윤지는 남자가 자신을 찾아온 이유를 알아차렸다. 팔을 다친 자신을 대신해서 문에 바리케이드를 치기 위해 그녀를 데려온 것이다. 그녀는 철문을 바라보다가 고개를 저었다.
"저길 막아 놓으면 우리가 여기 있다는 걸 오히려 들킬 거예요. 문을 아무리 잘 막아도 뚫리면 우리가 도망칠 곳이 없잖아요."

남자가 주변을 돌아봤다.

"뛰어내리면 되지 않을까?"

"그러다 발목 다쳐서 꼼짝도 못 하면요?"

강윤지의 물음에 남자는 눈을 껌벅거렸다.

"그럼 어떻게 하지?"

"일단 아래층 어디에 숨어요. 여긴 텅 비어 있어서 올라오면 숨을 곳이 없잖아요."

"그, 그럴까?"

강윤지는 남자와 함께 2층으로 내려갔다. 그리고 숨을 만한 적당한 곳을 찾았다 그러다가 병실 같은 곳을 발견했다. 문이 비교적 멀쩡해서 안으로 들어간 다음 닫을 수 있었다. 강윤지는 구멍 난 침대 매트를 문 앞에 가져다 놓은 뒤 의자로 입구를 단단히 막았다. 그리고 창문을 살폈다. 다행히 유리창이 통째로 떨어져 나가서 유리 조각 같은 건 없었다. 창밖에도 어느 사이엔가 어둠이 짙게 깔렸다. 창문 아래 벽을 등지고 주저앉은 강윤지가 문가의 부서진 의자에 걸터앉은 남자를 바라봤다. 긴장감이 사라지자 호기심이 찾아왔다.

"아저씨 이름 뭐예요?"

"김성찬."

"같은 배를 탄 거 같으니까 아는 거 다 털어놔요."

"너는 이 상황에서 그런 게 궁금하니?"

남자의 대꾸에 강윤지는 몸을 일으켜서 창틀에 손을 댔다.

"계속 입 다물고 있으면 우리 여기 있다고 소리칠 거예요."

"뭐라고? 죽고 싶어?"

김성찬이 눈을 부라리자 강윤지는 코웃음을 쳤다.

"어차피 아저씨가 나 죽이려고 했잖아요. 누구 손에 죽나 똑같아요."

물론 여기서 마주친 그 사람의 손에 죽고 싶지는 않았다. 하지만 궁금한 게 너무 많았기 때문에 협박을 했고, 그게 먹혔다. 김성찬은 진정하라는 듯 성한 손으로 앉으라는 손짓을 했다. 그리고 생각을 정리하는지 위쪽을 쳐다보다가 마침내 강윤지를 바라봤다.

"박남섭이라고 알지?"

"남섭이 아저씨요? 알죠, 아는 티를 못 내지만."

작년에 조건 만남을 몇 번 했던 아저씨였다. 간혹 TV에서 봤던 연예인이나 회사 대표, 혹은 의사들을 손님으로 만나긴 했지만 그 아저씨는 특이했다. 살짝 벗겨진 대머리가 귀여웠고 거칠거나 심하게 대하지도 않았다. 주로 아내에 대한 불평과 장인어

른의 흥을 봤고, 강윤지는 적당히 맞장구를 쳐 줬다. 마음에 들었는지 석 달 동안 열 번도 넘게 지명을 했다. 돈도 깎지 않고 꼬박꼬박 내서 오영철이 조건 사기를 치자고 제안하자 안 된다고 말렸다.

그러다가 갑자기 연락이 끊겼다. 항상 있는 일이라 크게 놀라거나 슬프지는 않았는데 연초에 TV에서 보고 깜짝 놀랐다. 인권 변호사라는 타이틀로 등장한 것이다. 그리고 온갖 미담들이 알려지면서 스포트라이트를 받았다. 그럴 만한 사람이라고 생각하고 있는데 김성찬의 얘기가 이어졌다.

"내년 서울시 국회의원 보궐 선거에 나갈 거야. 그리고 2년 후에 서울시장에 도전할 거고, 그다음은 대권을 바라볼 예정이야."

"갑자기요?"

"그 사람이 아니라 장인이 추진하는 일이야. 녹천그룹 정녹천 회장."

"무슨 얘긴지는 알겠는데, 그게 저를 납치한 것과 무슨 연관이 있는 거죠?"

"청소 작업 중이야, 나랑 동욱이랑. 그리고 한 명 더 있지."

"제가 아는 그 청소가 아닌 거 같네요?"

강윤지의 물음에 김성찬이 쓴웃음을 지었다.

"누군가가 과거에 한 어떤 일을 지우고 싶을 때 우리를 고용해. 그러면 수단 방법을 가리지 않고 행적을 정리해 주지. 이번 건은 장인이 자기 사위를 대선 후보로 올리기 위해 준비하는 과정 중에 하나야."

비로소 돌아가는 상황을 눈치챈 강윤지가 어처구니없다는 표정을 지었다.

"저를 납치해서 죽이는 게 청소하는 거예요?"

"장인이 사위의 휴대폰을 포렌식하다가 너랑 조건 만남을 한 걸 찾아냈어. 당장 국회의원 보궐 선거에 나설 때도 문제가 될 거 같으니까 우리한테 의뢰한 거지."

"청소해 버리라고요? 영철이가 알면 가만 안 있을 거예요."

강윤지의 말을 들은 김성찬이 혀를 찼다.

"너를 우리한테 넘긴 게 걔야. 그러니까 우리가 미리 대기하고 있다가 너를 납치할 수 있었던 거지."

충격을 받은 강윤지가 중얼거렸다.

"나쁜 새끼!"

"걔는 다른 동료가 덤프트럭으로 갈아 버렸어."

"뭐라고요?"

놀란 강윤지가 쳐다보자 김성찬이 대답했다.

"너는 여기로 데려와서 조용히 처리하려고 한 거고 말이야. 그게 우리가 하는 청소 작업이야."

"걸리적거리면 이렇게 다 죽여요?"

"아니, 아주 특이한 케이스지. 보통은 돈을 주고 입막음을 하거나 다른 약점을 잡아서 협박을 해, 입을 다물라고 말이야."

"우리한테도 돈을 주면 되잖아요."

"처음에는 그러려고 했는데 오영철이 계속 돈을 요구하더라고. 거기다 이미 범법자들이라 협박하는 것도 의미가 없고 말이야. 조건 만남 계속하다가 경찰에 잡혀서 박남섭의 이름을 불지 말라는 법이 없잖아. 오영철 얘기로는 통화 녹취록이 있다고 하던데."

"걔는 멍청해서 녹취 같은 거 할 줄 몰라요."

강윤지의 반박에 김성찬이 쓴웃음을 지었다.

"우리 일은 그렇게 넘어갈 수 있는 건 아니라서 말이야."

비로소 자신이 왜 납치당했는지 알게 된 강윤지는 허탈해졌다. 멍청한 오영철이 조금만 처신을 잘했더라면 넘어갈 수 있는 일에 휘말려 버린 것이다. 그러다가 진짜 궁금했던 게 떠올랐다.

"왜 번거롭게 여기까지 데리고 와서 처리하려고 한 거예요? 거기서 영철이랑 같이 죽이지 않고요."

"둘이 같이 죽으면 너무 부자연스럽잖아. 거기다 넌 죽으면 안 돼. 실종되어야지."

"실종되어야 한다고요?"

"너, 우리나라 경찰들이 얼마나 유능한지 모르지? 살인 사건 같은 경우는 거의 다 범인을 잡아. 그래서 항목을 바꾸는 거지, 실종으로."

"그럼 안 잡혀요?"

"사라진 거잖아. 우리나라는 대륙법 체계라서 시신이 발견되어야만 살인이 성립돼. 물론 극히 예외적인 경우가 있긴 하지만 말이야. 실종은 가족이나 누군가가 찾지 않으면 경찰이 관심을 안 가져. 세상도 마찬가지고."

"그래서 여기까지 끌고 와서 죽이려고 한 거예요?"

"한 가지 이유가 더 있어. 48시간."

"그러니까 아까 아저씨가 48시간이라고 했잖아요."

"거짓말이야. 48시간 소행으로 만들려고 한 거지. 여기가 48시간이 처음 죽인 시신의 일부가 발견된 곳이야. 그 이후는 제대로 처리했는지 나오지 않지만 말이야."

"네? 그러니까 날 죽인 다음에 48시간 소행으로 몰 생각이었다는 뜻이에요?"

어깨가 쑤셔 오는지 얼굴을 찡그리며 고개를 끄덕거린 김성찬이 대답했다.

"그 새끼는 피해자 시신을 완전히 처리해 버리는 데다가 그걸 찍어서 다크웹에 올리는 또라이거든. 그러니까 비슷하게 영상을 찍어서 올려 버리면 다 네가 48시간 손에 죽은 거라고 생각하게 되는 거지. 실종보다 더 완벽한 처리 방식이잖아."

김성찬의 얘기를 들은 강윤지가 고개를 절레절레 저었다.

"진짜 미친 아이디어네요. 누구 생각이었어요?"

"동욱이, 걔가 우리 청소팀의 브레인이거든."

"아까 죽은 아저씨요?"

"맞아. 여기서 세팅하고 기다리기로 했는데 하필 48시간이 여기 계속 있을 줄은 몰랐어."

김성찬의 설명을 들은 강윤지가 고개를 절레절레 저었다.

"가짜 살인마 흉내를 내려다가 진짜 살인마에게 걸렸네요."

"동욱이가 잡혀서 다 불었나 봐. 그래서 우리가 도착하기를 기다렸다가 나타난 거지."

"도망칠 방법 없어요?"

고개를 저은 김성찬이 대꾸했다.

"차는 펑크를 냈고, 엔진도 망가트린 것 같아. 휴대폰은 아까 싸우다가 떨어뜨렸고."

"그러면 우리가 여기 있는 걸 아는 사람은 아무도 없네요."

"한 명 있어."

"누구요?"

"나혁환. 같은 팀이야."

"영철이를 덤프로 밀어 버린 사람이요?"

강윤지의 눈치를 살핀 김성찬이 고개를 끄덕거렸다.

"그 일 마무리하고 여기 와서 합류하기로 했어. 마무리 같이하려고."

"언제 오는데요?"

"적어도 하루는 경찰 조사를 받아야 하니까, 내일 출발하겠지."

"해가 떨어지기 전에 오겠지만 적어도 오후 늦게는 되어서야 도착하겠네요."

"연락이 안 되면 일찍 올 수 있겠지만 이런 일이 벌어질 거라고는 상상도 못 할 테니."

"일단 내일 오후까지는 잘 숨어 있어야겠네요. 아니면, 48시간이 타고 온 차를 훔쳐 타고 가는 건 어때요?"

"차가 어디 있는지 알아도 열쇠가 없으면 시동이 안 걸려."

"영화 보면 전선끼리 연결해서 시동 걸던데요."

강윤지의 대꾸에 김성찬이 얼굴을 찌푸렸다.

"요즘 차는 그렇게 못 해. 일단 짱박혀 있다가 내일 대문 넘어서 나가자. 오는 길이 하나뿐이라서 그 길로 올 거야."

"그 정도는 48시간도 예상하지 않을까요? 다른 방법을 찾아봐요."

"아까는 기습을 당한 거고, 정면에서 맞짱 뜨면 내가 이길 수 있어."

자신만만해하는 김성찬에게 강윤지가 물었다.

"아까는 졌잖아요. 거기다 오른팔도 잘 못 움직이면서."

"내가 현역 때는 한쪽 팔이나 다리 묶어 두고 싸우는 훈련 많이 했어."

그러면서 남은 손으로 주먹질하는 시늉을 했다. 하지만 말이 많은 것도 그렇고, 아까 당한 것을 본 강윤지는 그다지 믿음이 가지 않았다. 그런 강윤지의 속마음을 읽었는지 김성찬이 시무룩한 표정을 지었다.

"내가 죽이려고 한 사람에게조차 믿음을 얻지 못하다니, 참으로 서글프네."

"지금 그런 거 따질 때가 아니잖아요."

"그래서 널 죽이지 않은 거야. 기회는 많이 있었지만 말이야."

"정말 고맙네요."

"생명을 빼앗는 일은 내 영혼도 상처 내는 일이니까."

"아저씨는 청소부가 아니라 시인 같은 걸 해야 했어요."

"원래 문창과 지원하려고 했어. 일이 꼬여서 특전사 갔다가 이상한 데로 빠져 버렸지만 말이야. 이런 일을 하게 된 나도 골 때리지만 너도 참 웃긴 애네. 이런 상황에서 꼬박꼬박 궁금한 걸 다 물어보고 말이야."

강윤지는 전혀 긴장이 되거나 무섭지 않다고 말하고 싶었지만 믿지 않을 것 같아서 그냥 넘어갔다. 그리고 마지막으로 궁금한 걸 물었다.

"어떻게 여기에 이렇게 큰 병원이 세워진 거죠?"

"여기? 세워진 지는 좀 됐어. 돈 많은 재벌가 전용 병원이지."

"아프면 여기 와서 치료받아요?"

고개를 저은 김성찬이 대답했다.

"재벌 3세가 마약으로 잡혀갔다가 풀려나면 여기로 와. 거기에 경영권 분쟁을 일으키는 애들이나 사고 칠 거 같은 애들도 여기로 오고, 재벌 회장님들이 뭔가 정상적이지 않은 수술을 받을 때도 사용했고."

"그런데 지금은 왜 문을 닫은 거예요?"

"해외로 갈 수 있는데 굳이 여기까지 올 이유가 없잖아. 유지비도 많이 들고 말이야."

재수 없다고 한탄하는 김성찬을 물끄러미 바라보던 강윤지가 불쑥 물었다.

"어땠어요?"

"뭐가?"

"아까 마주친 진짜 48시간이요."

잠깐이나마 그의 눈을 본 적이 있던 강윤지의 물음에 김성찬은 잠시 생각하다가 대꾸했다.

"아무것도 안 보였어."

"마음이 안 읽혔다고요?"

강윤지의 물음에 고개를 끄덕거린 김성찬이 말했다.

"청소부 중에 칼잡이들이 있거든, 그 칼잡이들의 오랜 논쟁거리가 있어. 뭔 줄 알아?"

이번에는 강윤지가 고개를 저었다.

"칼이나 흉기로 사람을 공격할 때 당한 사람의 눈을 보는지 안 보는지."

"영화 같은 데 보면 칼로 찌르고 눈을 쳐다보잖아요. 실제로는……."

차마 마무리를 짓지 못하는 물음에 김성찬이 곧바로 대답했다.

"케바케야. 여유로울 때는 쳐다보지만 찌르느라 바쁠 때는 눈을 쳐다볼 틈이 없어. 그래도 가끔씩 상대방의 눈을 볼 때가 있는데 무언가를 읽을 수는 있었어. 그런데 48시간은 정말 아무것도 안 보였어. 눈곱만큼의 감정도 말이야."

"진짜 살인마네요."

"맞아. 걸리면 끝장이야. 진짜 살인을 즐기는 놈이 있을 줄은 꿈에도 몰랐는데……."

말을 잇지 못하는 김성찬을 보면서 강윤지는 아무런 마음도 없이 살인을 저지른다는 48시간이 문득 궁금해졌다. 대화가 잠시 끊기자 김성찬은 문가의 벽에 머리를 기댄 채 눈을 감았다. 잠이 든 것 같은 김성찬을 본 강윤지도 벽을 등진 채 천정을 올려다보며 휴식을 취했다.

"어이구, 어쩐 일이야, 상규씨?"

비닐하우스에서 개밥을 주고 나오던 오씨는 눈앞에 서 있는 남자를 보고 반가워했다. 상규라고 불린 남자는 진흙이 잔뜩 묻은 청바지에 구멍이 난 셔츠를 입고 있었다.

"저, 개들 빌리러 왔어요."

오씨는 상규의 얘기를 듣고는 방금 나온 비닐하우스를 돌아봤다.

"도사견들?"

"네, 요즘 집 근처에 뭐가 다니는 거 같아서요."

"상규 씨 부탁이면 들어줘야지. 멧돼지도 아주 큰 놈 아니면 잡을 수 있잖아."

"고맙습니다. 나중에 막걸리 한잔하시죠, 아저씨."

"그려, 나 지금 집에 가야 하니까 안에 가서 목줄 끌러서 데려가."

"고맙습니다."

공손하게 인사한 남자가 비닐하우스 안으로 들어갔다. 낯선 침입자를 보고 짖어 대던 개들이 차츰 조용해졌다. 집으로 걸어가던 오씨는 개들이 짖는 소리가 잦아드는 걸 보고는 고개를 갸웃거렸다.

"개들이 왜 저 사람만 보면 기를 못 쓰나 몰라."

해야 할 일들이 많아서 오씨의 궁금증은 더 이어지지 않았다.

살짝 잠들었던 강윤지는 귓가를 떠도는 희미한 소리에 눈을 떴다. 처음에는 자동차 소리인 줄 알았는데 불규칙하게 들려왔다. 고개를 들고 눈에 힘을 주며 소리에 귀를 기울였다. 창가로 빛이 쏟아지는 걸 보면 밤이 지나고 다음 날 해가 뜬 것 같았다.

그리고 잠시 후, 그녀는 들려오던 소리의 정체를 깨달았다. 몸을 일으킨 강윤지가 문가에 앉아 있던 김성찬을 바라봤다. 이미 눈을 뜨고 있던 김성찬은 손가락을 입에 대며 조용히 하라고 말하고는 문가에 귀를 기울였다. 손에는 유리 조각을 들고 있었는데 손잡이 부분에 커튼 조각 같은 걸 둘둘 감아 놨다. 한동안 말이 없던 김성찬이 작게 한숨을 쉬었다.

"개를 끌고 온 모양이야."

"저도 들었어요. 어떡하죠?"

강윤지의 물음에 김성찬이 문 쪽을 바라봤다.

"일단 여길 빠져나가야 해."

"문 닫고 버티는 건요? 큰 개라고 해도 문을 열지는 못할 거 아니에요."

"대신 48시간에게 우리 위치가 발각되는 거지. 일단 어디 있는지 들키면 끝장이야."

"아까 다시 싸우면 이긴다고 했잖아요. 무기도 만들었으면서."

"안 싸우고 이기는 게 최선이야. 여기서 벗어나기만 하면 우리가 이기는 거니까."

잠시 고민하던 김성찬이 자신이 들고 있던 유리 조각을 그녀에게 건넸다. 그리고 옆에 있는 똑같이 생긴 유리 조각을 집었다.

"여기서 나가서 흩어지자."

"그다음에는요?"

"틈을 봐서 저기 대문을 넘어서 길로 나가. 어차피 길은 하나밖에 없으니까 쭉 내려가다 보면 커다란 은행나무가 나와. 살아서 거기서 만나자."

김성찬의 계획을 들은 강윤지는 자신을 희생양 삼아 빠져나가려 하는 속셈을 알아챘다. 하지만 같이 붙어 다니는 것도 위험한 일이라 잠자코 고개를 끄덕거렸다. 문을 살짝 연 김성찬이 좌우의 복도를 살펴보더니 말했다.

"나 먼저 나간다."

행운을 빈다는 말과 함께 사라진 김성찬의 뒷모습을 물끄러미 바라보던 강윤지는 유리 조각을 쥔 채 창밖을 보았다. 옆 건물에서 개 짖는 소리가 들렸다.

"저쪽 다음이 이쪽이겠지?"

다시 주변을 살펴봤다. 옆 건물 너머로 보이는 입구를 제외하고는 모두 가파른 절벽이었다. 기어 올라가기도 힘들고, 담장까지 있어서 넘어가는 게 쉽지 않을 거 같았다. 일단 입구로 가기 위해서는 첫 번째 건물로 가야만 했다. 그게 아니더라도 곧 있을 수색을 피하기 위해서는 움직여야만 했다.

"창문으로 뛰어내릴까?"

아래쪽을 보면서 잠깐 생각했지만 고개를 저었다. 바닥이 울퉁불퉁한 데다가 발목이라도 다치면 움직일 수가 없었기 때문이었다. 1층으로 내려가는 것도 고민해 봤지만 역시 포기했다. 좁은 복도에서 개와 마주치면 도망칠 자신이 없었다. 고민하던 그녀는 어제 봤던 구름다리를 떠올렸다.

"거기로 건너간 다음에 밖으로 탈출해야겠어."

그녀는 복도로 나가 구름다리가 있는 곳으로 향했다. 좁은 복도에는 이것저것 잔해들이 많아서 소리를 내지 않기 위해 애를 써야만 했다. 개가 짖는 소리가 점점 더 크게 들렸다. 초조해진 강윤지는 발끝으로 빠르게 걸었다. 하지만 속도를 높이다가 그만 타일 조각을 세게 차고 말았다. 발끝에 차인 타일 조각이 벽에 부딪히면서 요란한 소리를 냈다.

"젠장!"

아래층에서 개가 짖는 소리가 더 크게 들렸다. 조용히 움직이는 걸 포기한 강윤지는 구름다리가 있는 곳으로 뛰었다. 다행히 문이 열려 있긴 했지만 이대로 가다간 들킬 것 같았다. 걸음을 멈춘 강윤지는 구름다리의 난간을 딛고 위쪽의 캐노피로 기어올라갔다. 둥그런 캐노피는 플라스틱 재질이라 미끄러웠지만 강윤지는 필사적으로 매달렸다. 잠시 후, 구름다리로 인기척이 느껴졌다. 개가 왔으면 냄새 때문에라도 들킬 것 같았는데 다행히 사람 발걸음 소리만 들렸다. 숨을 죽인 강윤지는 정확히 자신의 아래쪽에서 발걸음이 멈춘 걸 느꼈다. 숨소리조차 내지 못한 채 그녀는 제발 빨리 가 버리라고 속으로 외쳤다. 영원처럼 길었던 시간이 지나고 발걸음 소리가 다시 사라졌다. 혹시 몰라서 한참을 기다리다 내려오던 강윤지가 난간에 서서 좌우를 살폈다.

'아까 48시간이 어디로 갔지?'

기억해 내려고 애쓰는데 아래쪽에서 개 짖는 소리가 들렸다. 놀라서 내려다본 그녀의 눈에 덩치 큰 검정 개가 위쪽을 올려다보고 있는 게 보였다. 놀란 강윤지는 서둘러 난간에서 내려와서 앞쪽 건물로 뛰었다. 들킨 이상 최대한 빨리 달려서 병원을 탈출하는 수밖에는 없었다. 좁은 복도를 정신없이 달리던 그녀는 멀리 복도 끝의 창문을 발견하고는 그곳을 향해 몸을 날렸다. 유리창이 깨지는 소리와 함께 몸이 붕 떴다가 그녀의 인생처럼 아래로 떨어졌다. 엄청난 충격이 느껴졌지만 죽을 만큼은 아니었다. 아까 도망쳤을 때 여기 창문 아래 박스와 매트리스들이 버려진 것을 보았기 때문에 뛰어내린 것이다.

"아흑!"

왼쪽 어깨부터 떨어지는 바람에 어깨가 떨어져 나갈 것처럼 아팠지만 꾹 참고 병원 입구를 향해 뛰었다. 충격 때문인지 몸이 자꾸 기울어지면서 발걸음이 무거워졌다. 뒤에서는 당장 48시간이나 개가 덮칠 것 같았다. 안간힘을 쓰면서 병원 입구에 도달했다. 쇠창살로 된 대문은 굳게 잠겨 있고, 담장도 높은 편이라 올라가야만 했다.

쇠창살을 움켜쥔 강윤지는 넘어가려고 애를 썼지만 뒷덜미를 잡혀서 내동댕이쳐지고 말았다. 바닥에 쓰러진 그녀를 내려다보고 있는 48시간이 보였다. 윈드점퍼의 후드를 뒤집어쓰고 있어서 얼굴은 자세히 보이지 않았지만 김성찬이 얘기한 아무것도 읽히지 않는 눈빛은 똑똑하게 보였다. 48시간의 손에 어제 봤던 해머가 끼워진 망치가 들려 있었다.

그걸 본 강윤지는 주머니에 넣어 둔 유리 조각을 꺼내서 망치를 든 48시간의 손목을 그었다. 예상 밖의 공격에 놀란 48시간이 주춤거리며 물러나자 강윤지는 그 틈을 타서 몸을 일으켰다. 그리고 48시간을 바라보는데 뒤쪽에서 김성찬이 조용히 다가오는 게 보였다.

강윤지의 눈빛을 읽었는지 48시간이 뒤를 돌아봤다. 하지만 김성찬이 한발 빠르게 다가와서 유리 조각으로 48시간의 아랫배를 찔렀다. 몸을 비틀어서 아랫배에 박힌 유리 조각을 빼낸 48시간이 김성찬의 팔목을 잡았다. 하지만 김성찬이 발목을 걸어차자 옆으로 쓰러지고 말았다. 김성찬은 한쪽 팔을 못 썼지만 능숙하게 48시간을 제압하고 위에 올라탔다. 그리고 유리 조각으로 48시간의 목을 노리면서 강윤지에게 외쳤다.

"뒤에 개 오는 거 막아!"

버려진 병원 건물 쪽에서 개들이 달려오는 게 보였다. 하지만 그 전에 김성찬이 48시간의 목에 유리 조각을 쑤셔 넣을 것 같았다. 잠시 생각을 하던 강윤지는 돌아서서 48시간을 누르고 있던 김성찬의 목을 유리 조각으로 그어 버렸다. 유리 조각에 베인 목에서 피가 흩뿌려지자 놀란 김성찬이 손으로 막아 보려고 했다. 그러면서 강윤지를 바라봤다. 뭔가 말을 하려고 했지만 갈라진 목에서 흘러나오는 피 때문인지 컥컥거리는 소리만 들렸다. 강윤지가 피 묻은 유리 조각을 바닥에 던지면서 말했다.

"어차피 48시간 다음은 나였잖아."

옆으로 넘어진 김성찬의 몸을 개들이 덮쳤다. 그가 지르는 비명 소리는 개들이 살을 씹는 소리에 묻혀 버렸다. 개들이 김성찬을 먹어 치우는 가운데 강윤지는 48시간을 바라봤다. 아랫배에서 피를 흘리고 있는 48시간 역시 그녀를 쳐다봤다. 마침내, 48

시간이 물었다.

"너도 나와 같은 존재구나."

강윤지는 아무 대꾸도 하지 않고 그를 보았다. 48시간이 입을 열었다.

"뭘 원해?"

"복수요."

"넌 내가 무섭지 않니?"

"같은 존재라면서요. 그나저나."

강윤지는 피가 뚝뚝 흐르는 48시간의 아랫배를 봤다.

"일단 치료부터 해야 하지 않아요?"

강윤지의 물음에 48시간은 대답 대신 고개를 끄덕거렸다.

해가 저물 즈음, 검정색 승용차 한 대가 병원 입구로 다가왔다. 활짝 열린 입구를 통과한 승용차는 병원 건물 앞에 멈췄다. 그리고 야구 모자를 푹 눌러쓴 남자가 운전석에서 나왔다. 휴대폰으로 전화를 걸던 그가 짜증을 냈다.

"왜 둘 다 전화를 안 받는 거야?"

그때 열려 있던 병원의 입구가 서서히 닫혔다. 놀란 남자가 휴대폰을 쥔 채 돌아보자 강윤지가 서 있었다.

"아저씨가 영철이 덤프로 갈아 버렸어요?"

남자가 휴대폰을 집어넣고 칼을 꺼냈다. 그때 병원 건물 안에서 개들이 뛰어나왔다. 놀란 남자가 허둥거리는 와중에 조용히 나타난 48시간이 망치로 야구 모자의 뒤통수를 내리쳤다. 두개골이 부서지는 소리와 함께 남자의 야구 모자가 떨어졌다.

"이걸로 복수는 된 건가?"

바람을 타고 굴러온 야구 모자를 손으로 집은 강윤지가 48시간을 바라봤다.

"아직요, 이제 시작이에요."

48시간이 알 수 없는 표정으로 강윤지를 바라보았다.

대문이 열리고 나란히 선 경비원들이 허리를 숙여 인사를 했다. 캐딜락의 뒷자리에 앉아 있던 정녹천 회장이 불편함이 깃든 기침을 했다. 캐딜락이 좁은 도로를 달리는데 옆에 앉은 젊은 비서가 태블릿을 내밀었다.

"오늘 일정과 만나야 할 사람들입니다."

건네받은 태블릿을 대충 살펴본 정녹천 회장이 물었다.

"청소부들은?"

"아직 연락이 없습니다. 목표물 중 오영철은 처리한 것이 확인

되었고, 강윤지는 따로 연락이 없었지만 그녀로 추정되는 시신을 처리하는 영상이 다크웹에 올라온 건 확인했습니다."

"48시간인지 49시간인지 걔 소행으로 만든 건 확실하지?"

"네, 강윤지의 행방도 사라졌습니다. 하지만."

태블릿을 비서의 무릎에 던진 정녹천 회장이 퉁명스럽게 말했다.

"됐어. 잔금 아끼고 좋지 뭐."

그리고 창밖을 보면서 한숨을 쉬었다.

"칠칠치 못한 사위 때문에 이게 무슨 고생이야, 고생이."

비서가 막 대답하려는 찰나, 갑자기 튀어나온 자전거가 캐딜락과 부딪치고 말았다. 자전거에 타고 있던 야구 모자를 쓴 여성이 바닥에 쓰러지면서 캐딜락이 급정거를 했다. 안전벨트를 하지 않았던 정녹천 회장은 앞좌석에 얼굴을 부딪쳤다.

"뭐야?"

짜증을 낸 정녹천 회장에게 비서가 자신이 알아보겠다고 하고 문을 열고 나갔다. 그리고 쓰러진 여성을 살펴봤다. 그 광경을 지켜보느라 정녹천 회장은 뒤에서 해머가 끼워진 망치를 든 남자가 다가오는 것을 알아차리지 못했다. 쓰러진 척했던 강윤지가 전기 충격기로 비서를 공격하는 것과 48시간이 해머가 끼워진 망치로 정녹천 회장이 타고 있던 뒷좌석의 유리를 깬 것은 거의 동시에 이뤄졌다. 놀란 회장이 비명을 질렀다.

"너, 누구야?"

대답은 48시간 대신 강윤지가 활짝 웃으며 했다.

"복수하러 왔어요, 아저씨한테."

작가의 말

대검찰청의 통계에 따르면 2023년 대한민국에서는 총 801건의 살인 사건이 발생했다. 이 중에는 실제로 실행되지 않은 살인 미수도 포함되어 있는데, 실제로 피해자가 사망을 한 살인 사건은 261건이다. 그리고 전체 살인을 놓고 보면 34.4퍼센트가 친인척, 이웃이나 지인이 18퍼센트, 친구나 직장 동료가 9.2퍼센트였다. 그리고 연인 관계가 11퍼센트다. 그러니까 대한민국에서 2023년에 벌어진 살인 사건 중 최소한 26건은 연인, 대부분은 남성이 여성을 살해한 것이다.

여성을 대상으로 한 범죄들은 항상 존재했으며, 아직도 진행되고 있다. 통계자료에 따르면 피해자들은 대부분 사회적, 신체적인 약자들이다. 대한민국의 낮은 범죄율과 높은 검거율의 그림자 뒤에는 한때 사랑했던 사람들에게 희생당하는 여성들이 존재하고 있다. 여성을 대상으로 하는 스토킹과 성범죄 역시 줄어들지 않고 있다. 사회적, 신체적 약자인 여성들은 늘 범죄의 피해자로서 자리매김하고 있다.

지금까지 대부분의 추리 소설은 살인 사건을 비롯한 강력 범죄들을 다뤘지만 주로 범인을 쫓는 과정과 그걸 쫓는 형사나 탐정에 초점을 맞췄다. 이번 앤솔러지에서는 여성에게 초점을 맞춰 보았다. 미스터리물 속에서는 항상 가련한 피해자로 묘사되지만 실제로는 능동적이고 합리적인 방식으로 범죄자를 잡거나 범행을 피하는 경우도 있다. 이번 작품에서는 기존의 미스터리 소설에서 흔히 볼 수 있는 여성과는 다른 캐릭터들과 만날 수 있을 것이다.

범죄는 대상자를 가리지 않고 벌어지지만 대개는 자신보다 약한 존재를 대상으로 한다. 여성은 그중 하나이고, 앞으로도 이런 상황은 변하지 않을 것이다. 그래서 제가 쓴 단편 48시간에서는 색다른 여성 캐릭터를 등장시켜 봤다. 낯설지만, 어쩌면 이것 역시 우리가 만들어 낸 범죄의 풍경 중 하나일지 모르겠다.

- 정명섭 -

미러하우스
이성민 저

20대 휴학생 은주는 파격적인 조건의 간병인 자리에 취직하게 된다. 수많은 거울로 장식되어 '미러하우스'라 불리는 호화로운 저택에서, 은주는 하반신 마비를 앓고 있는 매력적인 청년 승혁을 만나게 되는데……

치팅 데이
이현진 저

반사회적 성향을 숨긴 채 평범한 일상을 살아가는 초등학교 교사 정희태는 한 달에 한 번 자신의 기준에 부합하지 않는 악인들을 처단해 왔다. 뜻밖의 방해꾼과 마주치기 전까지……